Elisa Levi
Anderes kenne ich nicht

Elisa Levi

ANDERES KENNE ICH NICHT

Roman

*Aus dem Spanischen
von Kirsten Brandt*

Trabanten Verlag Berlin

Die Originalausgabe erschien 2021 unter dem Titel
Yo no sé de otras cosas bei temas de hoy,
Editorial Planeta, Barcelona.

1. Auflage September 2022

Veröffentlicht im Trabanten Verlag
Berlin, September 2022
Copyright © 2022 by Trabanten Verlag Berlin
Alle Rechte vorbehalten
Selected by: Oriol Viader
Umschlagabbildung: © David de las Heras
Satz: 3w+p GmbH, Rimpar
Druck und Verarbeitung: CPI books GmbH
ISBN: 978-3-98697-001-7

www.trabantenverlag.de

Für Tomás

Jeder erzählt von seinem Schmerz
Und bittet um Verständnis.

>Lole y Manuel
>*Todo es de color*

NACHDENKEN

Anderes kenne ich nicht, sage ich zu ihm, aber diesen Weg kenne ich, und der führt nur in den Wald. Der Herr entgegnet: »Er ist dort drüben.« Nein, nein, nein, wenn Sie dort langgehen, ist das Ihr Tod! Wenn er will, zeige ich ihm, wo sein Hund ist, oder bringe ihn hin, sage ich. »Nicht nötig«, sagt er. Und ich sage: »Es gibt hier eine Stelle, wo die Hunde immer hingehen, wenn sie nichts zu fressen haben.« »Er ist dort drüben«, wiederholt er. Nein, nein, nein. Ich halte ihn mit der Hand zurück, weil ich weiß: Wer in den Wald hineingeht, kommt nicht mehr raus. Er gelangt nirgendwohin und stirbt. Er wird immer schwächer, bis er verdurstet. Er wird immer schwächer, bis er erfriert. Er wird immer schwächer, und das Leben zeigt ihm keinen Weg mehr. Ich packe den Herrn am Arm und erkläre es ihm. Ich erkläre ihm, dass niemand so sehr von hier ist wie ich, dass ich jung bin, aber diesen Ort kenne, weil ich eine Geschichte habe. Wenn er will, erzähle ich sie ihm, sage ich, und dass ich, als ich noch jünger war, da drüben bei den Hasen eine Hündin verloren habe.

Sie kennen das nicht, denn wer weiß, wo Sie herkommen, aber hier folgen die Hunde dem Geruch nach Fressen und gehen verloren, und dann laufen die Hundebesitzer in ihrer Verzweiflung in den Wald hinein. Sie wissen nicht, wie viele Leute ich schon gesehen habe, die auf Nimmerwiedersehen in den *Landas* verschwunden sind, in dieser mit dichtem Gestrüpp bewachsenen Einöde um uns herum. Sie wissen das nicht, aber glauben Sie mir, diesen

Wald kann man nicht durchqueren. Ich bemerke, wie der Herr einen Seufzer der Erschöpfung ausstößt und wie von seiner Stirn so große Schweißtropfen perlen, dass man die Brunnen in der Gegend damit füllen könnte. Irgendwas in seinem Gesicht rührt mich an, und ich denke, ihm kann ich es vielleicht erzählen. Ihm kann ich erzählen, dass ich weggehen werde, dass ich beschlossen habe, diesen winzigen Flecken Erde zu verlassen. Und mit einem Mal kommt es mir vor, als wäre dieser zerstreute, verwirrte Herr der einzige Mensch auf der Welt, der mich versteht. Ja, er und nur er kann mich verstehen.

Sehen Sie, sage ich, während ich ihn auf die Bank setze, an der ich lehne, damit er sich ausruhen kann, denn diese Bank liegt immer im Schatten und wenn der Herr weiter so schwitzt, stirbt er mir noch weg, bevor er seinen Hund wiedergefunden hat, sehen Sie, meine Hündin ist an einem Sonntag im Sommer weggelaufen, und meine Schwester, die nichts im Kopf hat, weil sie bei ihrer Geburt keine Luft bekam, hat anders geweint als sonst. Nora weint nur, wenn ihr was wehtut. Wenn man sie zwickt, weint sie, wenn ihr Magen knurrt, weint sie. Aber aus Liebe, Einsamkeit oder Kummer weint meine Schwester nicht. Und an diesem Sonntag im Sommer weinte sie, weil unsere Hündin nicht zurückkam, und Vater sagte: »Die Hündin ist bei den toten Hasen.« Und da weinte Nora weniger. Wissen Sie, hier bei uns legen wir die toten Hasen auf einen Haufen. Hier im Ort werden die Tiere, die gestorben sind, zu einem Haufen aufgeschichtet, und da liegen sie dann und stinken fürchterlich. Sie müssen wissen, Señor, mit Gerüchen kenne ich mich nicht aus, weil ich noch nie riechen konnte, genau wie meine Mutter, die sagt, als junges Mädchen hätte sie ein bisschen riechen können, aber ich habe noch nie etwas gerochen. Und das ist schade, weil die Leute sagen, dass unsere Tomaten kilometerweit duften. Aber mit Gerüchen kenne ich mich nicht aus, so wie Sie sich nicht mit den Hunden auskennen, die hier verloren gehen. Dafür kennen wir andere Dinge. Leider muss ich sagen, dass unsere Hündin tot war, als wir ankamen. Und als meine Mutter das Blut sah, das ihr aus dem Maul lief, rief sie: »Das war bestimmt ein Wolf.«

Aber ich wusste, dass es Esteban gewesen war, der wohnt direkt gegenüber von der Stelle, wo die toten Hasen liegen, und hat immer den Finger am Abzug seiner Flinte, und die Wölfe kommen normalerweise nicht bis dorthin. Esteban hatte meine Hündin getötet, und ich wollte ihn töten, weil er meine Schwester zum Weinen gebracht hatte. Aber Sie brauchen sich keine Sorgen zu machen, bleiben Sie ruhig hier sitzen, Ihr Hund schlägt sich nur den Bauch voll, bestimmt sehen wir ihn gleich, wie er herumschnüffelt. Glauben Sie mir, die Hunde sind nicht wie ich, ich bin eher eine Katze, aber die Hunde schnüffeln herum und suchen einen und kümmern sich um einen. Bleiben Sie hier bei mir und ruhen Sie sich aus, Ihr Hemd ist ja schon ganz durchgeschwitzt. Sie werden schon sehen, Ihr Hund kommt gleich wieder zurück.

Der Herr und ich sitzen da und sehen den Wald an, und ich merke, wie er schwitzt. Wenn Ihnen heiß ist, ziehen Sie ruhig Ihr Hemd aus, vielleicht dauert es doch noch eine Weile, bis Ihr Hund wiederkommt, sage ich. Ich muss mich hier nur kurz ausruhen, dann gehe ich los und suche ihn, sagt er. Nein, nein, nein, sage ich. Vergessen Sie es, ich meine es ernst, lassen Sie sich von meinem Kindergesicht nicht täuschen, ich bin neunzehn und das nicht erst seit gestern, und ich weiß, für den, der sich in die Landas begibt, sieht es düster aus. Der Wald ist trügerisch wie ein reißender Fluss. Durch das Dickicht führt kein Weg, und die Feuerschneise ist weit entfernt. Die alten Leute sagen, wenn man ganz hindurchgeht, kommt man ans Meer, doch das glaube ich nicht. Aber mit Norden, Süden, Osten und Westen kenne ich mich nicht aus. Ich kenne andere Dinge. Die Leute hier können die Himmelsrichtung am Moos ablesen, oder sie erinnern sich, wo die Sonne aufgeht und der Mond hochsteigt. Mich überrascht die Sonne immer von links und manchmal auch von rechts. Der Wald ist gefährlich, wissen Sie? Wenn jemand verloren geht, macht sich nicht mal die Polizei auf die Suche nach ihm, weil die auch nicht in die Landas hinein will, und einen Förster haben wir hier nicht, weil wir so abgelegen sind, dass niemand sich für uns interessiert. Den Wald hat die Natur geschaffen, um uns Angst zu machen, um die Menschen jederzeit an Tod, Verschwinden und Finsternis zu erinnern, denn wer in den Wald hineingeht, der kann die Sonne nicht mehr sehen und ist immer im Halbdunkel, und da nutzt ihm kein Moos und kein Kompass und kein Orientierungsvermögen und kein gutes Gedächtnis, der Wald verschlingt ihn wie ein hungriges Kaninchen.

Sie werden einen herrenlosen Hund zurücklassen, wenn Sie nicht auf mich hören. Der Herr zieht sein Hemd aus, und seine Haut verströmt Wärme. Sein Oberkörper hat viele Falten, aber ich glaube nicht, dass er älter als sechzig ist. Er holt sein Handy hervor und flucht. In diesem Ort gibt es so gut wie keinen Empfang, in Pueblo Grande schon, aber hier geht das Signal verloren, ich sagte Ihnen ja, wir sind hier am Ende der Welt.

Ich hoffe, es stört Sie nicht, wenn ich rauche, sage ich. Der Herr sieht mich nicht an und antwortet nicht. Wenn

Sie wollen, gebe ich Ihnen was ab, es ist Tabak mit ein bisschen Gras, Marco hat mir gestern was vor die Haustür gelegt. Das macht er manchmal, und dann komme ich zum Rauchen am liebsten hierher, denn wenn ich Marcos Gras rauche und den Wald ansehe, stelle ich mir vor, dass die Landas nicht existieren und ich alles sehen kann, was auf der anderen Seite ist. Aber der Herr sagt nichts und sieht mich nicht an.

Ganz schön warm für den ersten Januar, was?, sage ich, und er sagt, ja, ganz schön warm für den ersten Januar.

In diesem grünen Dorf lockt die Wärme niemanden mehr auf die Straße, sage ich zu dem Herrn, außer Juana, die weint immer noch um ihren Bruder, und wenn ich Brot hole, bringe ich ihr immer einen Laib mit, weil sie nichts mehr essen will. Ich sage zu ihr: »Juana, Gott beugt uns, aber er bricht uns nicht.« Sie können sich nicht vorstellen, wie traurig das aussieht, wenn sie da so ganz allein vor ihrem Haus auf dem Stuhl sitzt, neben dem leeren Stuhl ihres Bruders, den sie neben sich stellt. Wenn ich sie sehe, rufe ich ihr fröhlich zu: »Juana, die Zeit heilt alle Wunden, nur gegen Dummheit und Alter ist kein Kraut gewachsen!« Dann lacht sie. Und ich lege das Brot immer auf den leeren Stuhl ihres Bruders, damit sie sieht, dass der Tod nur einen Tag dauert und nicht ein ganzes Leben, und dass es nicht schlimm ist, wenn dort, wo früher ihr Bruder gesessen hat, jetzt das Brot liegt.

Der Herr sieht mich an und ich sage ihm, dass ich trotz meiner jungen Jahre den Tod kenne und weiß, dass das so ist. Ich sage ihm, dass die, die sterben, nicht die Fröhlichkeit mitnehmen. Dass die, die sterben, gar nichts mitnehmen, dass der Tod nicht mehr ist als ein paar Tränen und ein Schmerz in der Brust, und dass das Leben für die, die hier bleiben, weitergeht. Und dass die Tränen, sobald sie aus dem Auge geflossen sind, nichts weiter sind als Wasser. Da lacht der Herr, aber ich glaube, er lacht, weil er nicht so an den Tod denken will. Dieser Herr weiß nichts. Sie haben ja keine Ahnung, wo Sie hier gelandet sind, Sie wissen nichts über unser Dorf. Lassen Sie mich es Ihnen erklären, wir haben Zeit, und wenn Sie hier bei mir sitzen bleiben, kommt Ihr Hund irgendwann zurück. Hunde kommen immer zurück. Aber über dieses Dorf hier wissen Sie nichts. Und der Herr sieht mich an, aber ich sehe den Wald an.

Der Herr schwitzt wie ein Schwein auf dem Weg zur Schlachtbank.

Ich habe kein Wasser dabei, Señor, aber wenn Sie wollen, können Sie Ihren Kopf an meine Schulter lehnen. Javier macht das auch immer, sage ich. Den Kopf an meine Schulter lehnen, meine ich. Wenn er das macht, streichele ich manchmal sein Gesicht. Aber Ihr Gesicht werde ich nicht streicheln. Die Leute im Dorf sagen, ich rede zu viel, und wenn ich Marcos Gras rauche, werde ich noch redseliger. Aber Sie haben ja jetzt Zeit, da hören Sie mir vielleicht gerne zu.

Wissen Sie, hierher kommen nicht viele Leute. Der Herr atmet schneller. Wussten Sie das, oder wussten Sie das auch nicht? Und der Herr sieht mich an und sagt, dass er ehrlich gesagt nicht weiß, wie er hier gelandet ist, am Rande dieses Kaffs mitten im Nirgendwo. Sie haben mit Ihrem Hund den Weg verloren, und jetzt hat Ihr Hund Sie verloren. Keine Sorge, das passiert jedem, der diese Gegend nicht kennt.

Und was machst du hier?, fragt mich der Herr. Warten, sage ich. Ich warte mit Ihnen auf Ihren verloren gegangenen Hund. Der Herr seufzt, und ich bin mir sicher, er seufzt, weil es immer besser ist, in Gesellschaft zu warten. Wenn Sie sich morgen wieder verirren würden, würden Sie mich nicht mehr hier finden. Sie wollen wissen, was ich so mache, wenn ich hier still im Schatten sitze? Ich warte auf Ihren Hund und dabei denke ich nach. Ich käue meine Gedanken wieder wie die Kühe das Gras, Señor. Ich käue alles wieder, was ich mir für morgen überlegt habe. Denken Sie nur, Señor, vielleicht warte ich hier mit Ihnen auf Ihren Hund, und Sie leisten mir an diesem merkwürdigen Nachmittag am ersten Tag im Jahr Gesellschaft. Und ich sehe den Herrn an, aber er sieht den Wald an.

Ich weiß nicht, wie Ihr Leben bisher so verlaufen ist, sage ich, oder wie Ihr Tag heute angefangen hat, aber als ich heute Morgen aufgewacht bin, hatte ich Bauchweh. Meine Eingeweide brannten und brannten wie das Unkraut in dieser merkwürdigen Januarhitze. Aber glauben Sie nicht, es wäre das erste Mal gewesen, dass ich Feuer in meinen Eingeweiden spürte. Und wagen Sie bloß nicht, mir zu sagen, dass die Bauchschmerzen bestimmt vom Gras und vom Tabak kommen. Meine Eingeweide brennen nämlich schon lange, aber als ich heute früh aufgewacht bin, wusste ich mit einem Mal, warum. Ich denke nach, Señor, ich käue wieder, was ich morgen tun werde.

Wenn Javier hier bei uns säße, würde er Sie *Kobold* nennen, weil Sie nichts über diesen Ort wissen, Señor, und weil Javier alle, die hier am Ende der Welt nur auf Durchreise sind, *Kobolde* nennt. Kobolde bleiben nämlich nie lange an einem Ort, sondern gehen immer weg oder verschwinden. Ich mag Javier, weil ich Männer mag, die kein trauriges Wesen haben. Sie zum Beispiel, sage ich zu dem Herrn und sehe in seine schwerlidrigen, von Fältchen umrahmten Augen, Sie zum Beispiel haben noch nicht eine Sekunde lang gelächelt, Sie haben ein sehr trauriges Wesen. Aber Javier lächelt die ganze Zeit. Wenn er in den Lebensmittelladen meiner Mutter kommt, sieht der Morgen für mich gleich viel freundlicher aus, und ich sage zu den Kunden: »Hier kommt der Schöne, nach dessen Liebe ich mich sehne.« Und sie sagen zu mir: »Du weißt ja, das Glück ist mit den Dummen.« Dann lache ich und lache, und manchmal singe ich sogar, und wenn meine Mutter kommt, um mir beim Bedienen zu helfen, sagt sie: »Dir wird das Singen schon noch vergehen!« Aber ich bitte sie: »Tanz, Mama, zu Hause hast du schon so lange nicht mehr getanzt.« Und meine Mutter sagt: »Wenn ich doch nur so jung wäre wie du, meine Kleine Lea.« Hier im Dorf heißen wir nämlich die Große Lea und die Kleine Lea. Und dann rufe ich fröhlich: »Möge es der Kleinen so ergehen wie der Großen!« Aber ganz tief in meinem Inneren wünsche ich mir, dass es mir nie so ergeht wie meiner Mutter. Ich will was von der Welt sehen, wissen Sie? Ich will Arbeit in der Stadt finden und Geld verdienen und es für all die Sachen ausgeben, für die alle ihr Geld ausgeben: für Pläne, für Freizeitaktivitäten für die Tochter, die ich mal haben werde, für Urlaub in fremden Ländern, für technische Geräte. Ich will auf einer Insel leben, aber auf einer Insel ohne Wald, einer Insel, wo nur wenig wächst, fast wie in der Wüste, und wo es viele Möglichkeiten gibt. Damit ich zu der Tochter, die ich mal haben werde, sagen kann: »Nun starr doch nicht den ganzen Tag auf den Bildschirm!« Wissen Sie, meine Kenntnisse sind mir woanders auch nützlich.

Wenn die Hitze zu drückend wird, ist in den staubtrockenen Dorfstraßen kein Mensch zu sehen, deshalb war es klug von Ihnen, dass Sie hier mit mir warten wollen. Haben Sie Kinder? Irgendwie sehen Sie nicht danach aus. Der Herr sieht mich an und lächelt. Nein, Sie haben keine Kinder, das dachte ich mir schon. Wenn ich mal eine Tochter habe, werde ich nicht zulassen, dass sie die Kaninchen kennenlernt. Ich werde sie melken lassen, denn das Melken lehrt einen Dankbarkeit im Leben. Dankbarkeit den Tieren gegenüber, nicht gegenüber Gott und diesen ganzen Lügen. Aber die Kaninchen soll sie nicht kennenlernen, weil sie nicht lernen soll, wie bitter das Leben sein kann, wenigstens nicht, solange ich für sie sorge. Außerdem wird meine Tochter sowieso in der Stadt geboren werden, und sie wird Fertiggerichte essen, weil Stadtkinder das nun mal tun, und ich werde eine Stadtmutter sein und mich auf den Elternabenden beschweren und verlangen, dass der Speiseplan in der Schulmensa geändert wird, weil ich nämlich vom Land komme und weiß, dass man länger lebt, wenn man besser isst. Aber das ist nur Theater, glauben Sie nicht, dass ich das ernst meine, das ist alles Schauspielerei, denn es ist mir egal, ob meine Tochter lange lebt oder nicht, weil man ab einem gewissen Alter das Leben nicht mehr versteht. Sehen Sie sich nur die Alten bei uns im Dorf an, die verstehen gar nichts mehr. Ich denke nach, Señor, ich käue meine Gedanken wieder, weil meine Eingeweide brennen. Und der Herr sieht mich an, aber ich sehe den Wald an.

Entschuldigen Sie, wenn ich manchmal sehr schnell rede, aber ich habe einen Druck auf der Brust, der macht, dass die Sätze schneller aus mir hervorsprudeln, und einen trockenen Mund von der Hitze. Meine Mutter sagt, die Hitze kommt von den Autoabgasen, und dass die Autos das größte Übel der Welt sind und der Wald das größte

Übel der Seele. Ich würde gerne im Rathaus arbeiten, dann würde ich die Autos verbieten. Sei doch nicht so naiv, sagen die Leute manchmal zu mir, hier machst du besser was mit den Händen. Aber ich weiß, dass in Wirklichkeit mein Kopf das Beste an mir ist. Einmal kam nämlich ein Fernsehteam hier ins Dorf, um eine Reportage für den Regionalsender zu drehen, und da habe ich ganz furchtlos und selbstbewusst in die Kamera gesprochen. »Wenn die Sendung ein Erfolg wird, schicken wir sie ans Nationalfernsehen«, sagte der Typ zu mir. Ich weiß nicht, ob sie ein Erfolg war, denn gerade als sie im Fernsehen laufen sollte, tobte hier ein Unwetter, und wir waren über einen Monat lang von der Außenwelt abgeschnitten. Bei den Dreharbeiten haben sie Catalina und mich befragt, und Catalina hat den Mund nicht aufgekriegt, aber ich habe ihnen erzählt, was wir hier alles bräuchten. Mein Kopf ist das Beste an mir, weil ich so schnell denken kann und jede Gelegenheit nutze. Also habe ich gesagt, wir brauchen mehr Geld, um eine richtige Ambulanz einzurichten, weil hier nämlich lauter alte Leute leben und der Arzt nur alle zwei Wochen kommt. Und ich habe gesagt, dass wir mehr öffentliche Verkehrsmittel brauchen, weil der Bus nur zweimal am Tag fährt. Dass es schön wäre, wenn die Landstraße neu gemacht würde und es eine Buslinie bis direkt zum Strand gäbe, denn obwohl wir so nah am Meer wohnen, haben nur die Touristen was davon. Ist das nicht unglaublich? Dabei gehört das Meer eigentlich viel mehr uns als allen anderen! Der Kameramann hat mir erzählt, dass die Reportage *Das neue menschenleere Spanien* heißen soll, und ich habe direkt in die Kamera gesehen, wie eine Schauspielerin, und habe gesagt, was soll das heißen, menschenleer, sie sehen doch, wie lebendig wir sind. Und dass der Wald von Natur aus menschenleer ist, aber dass hier in Spanien immer noch viele Menschen sind. Aber ich war dem Typen nicht lange böse, weil er mir gesagt hat, ich sehe aus wie eine Schauspielerin, eine ausländische Schauspielerin. Er hat mir auch den Namen gesagt, aber ich kenne diese ganzen ausländischen Namen nicht. Und ganz zuletzt kam mir noch ein Einfall, über den Javier sehr gelacht hat. Ich will, dass dieses Jahr beim Dorffest im Sommer die Band auftritt, die dieses Lied singt, in dem es heißt, *ohne dich bin ich nichts als ein Regentropfen, der mein Gesicht nässt.* Javier hat gelacht und gelacht und gesagt, wie bist du denn darauf gekommen. Und ich sagte, das wäre ein Geschenk für ihn, weil dieses Lied im Hintergrund lief, als ich ihm das erste Mal gesagt habe, dass ich ihn mag.

Aber eigentlich will ich Ihnen etwas anderes erzählen. Ich will Ihnen erzählen, warum Sie mich nicht mehr hier im Schatten finden werden, wenn Ihr Hund morgen verloren geht. Ist es Ihnen schon mal passiert, dass in Ihrem Leben alles durcheinander geraten ist? Also, in meinem Leben ist alles durcheinander geraten, es ist ein einziger großer Knoten, und ich weiß nicht, wie ich diesen Knoten aufbekommen soll. Und deshalb käue ich meine Gedanken wieder, Señor, ich denke nach, was ich morgen machen werde. In diesem Dorf wird mir das Leben zu lang, und wenn der Bauch sich beschwert, muss man eine Entscheidung treffen. Glauben Sie an das Ende der Welt?, frage ich ihn. Und der Herr kneift die Augen zu, um zu lachen. Sein Lachen ist laut, es gellt in meinen Ohren. Ich lache auch, aber das liegt daran, dass ich leicht lache. Ich meine es ernst, sage ich. Der Herr wischt sich mit dem Hemd über die Augen. Sehen Sie den Trauerflor, der in allen Fenstern im Dorf hängt? Der hängt dort wegen dem Ende der Welt, Señor.

Als meine Mutter am letzten ersten Januar den Laden aufschloss, fange ich an zu erzählen, drängten sich dort die Leute wie Fliegen um ein Pferdemaul. Sie kamen und gingen, und alle waren ganz aufgeregt und außer sich. Und meine Mutter hörte zu, was sie erzählten. »Sie sagen, dass dieses Jahr die Welt untergeht«, erzählte sie mir hinterher, und ich musste lachen, so, wie Sie gerade, und sagte zu meiner Mutter: »Was die im Dorf sich immer einfallen lassen!« Aber meiner Mutter stand der Zweifel ins Gesicht geschrieben, und da sagte ich fröhlich zu ihr: »Mama, glaub das doch nicht, das sind Geschichten, die Leute sich anderswo ausgedacht haben, wir sind hier so abgelegen, dass selbst das Ende der Welt uns vergisst.« Aber als ich das sagte, fingen meine Eingeweide das erste Mal an zu brennen. Genau wie heute, ein Jahr später, als hätte ein Verrückter seine eigenen Felder in Brand gesteckt. Und dann kam am nächsten Tag, am zweiten Januar, Catalina und fragte mich, während ich im Hof den Hühnerstall saubermachte, ob ich schon das mit dem Weltuntergang gehört hätte, und ich sagte, ja, das hätte ich, aber auf leeres Gerede dürfte man nichts geben. Und da rumorten meine Eingeweide wieder. Und Catalina wurde ganz nachdenklich, und ich schlug ihr vor, nach Pueblo Grande zu fahren und nachzusehen, was sie dort sagen, weil bei uns hier das Internet nicht besonders gut funktioniert. Wir fanden dann irgendwas mit den Mayas, aber ich wusste gleich, dass das Ganze ein Schwindel ist, eine verrückte Erfindung und nichts weiter, aber die Leute bekamen Angst und redeten über nichts anderes.

In kleinen Dörfern müssen die Leute an etwas glauben, Señor, um den Tag vollzukriegen. Und eines Tages erzählte ein Dorfbewohner, doch, es wäre wirklich wahr, in anderen Ländern weit weg von hier würden sie so sehr daran glauben, dass sie verrückt wurden. Und ein anderer kam eines Morgens und sagte, seine Tochter, die in der Hauptstadt wohnt, hätte ihm erzählt, dass die Leute dort das gleiche munkelten. Und am Tag darauf kam eine Frau und meinte, sie hätte in der Zeitung gelesen, dass das tatsächlich jemand schon früher prophezeit hätte und dass die Gelehrten sagten, dies wäre das Jahr, in dem alles zu Ende geht. Und noch einen Tag später kam Juana und sagte, hoffentlich stimmt es, hoffentlich, weil sie wollte, dass alles zu Ende geht, dann könnte sie tot sein wie ihr Bruder. Und ein Dorfbewohner erzählte, seine Kühe würden sich in letzter Zeit merkwürdig verhalten, und ein anderer, seine Hunde würden nachts den Mond anbellen, und das könnte nur bedeuten, dass die Welt untergeht. Und die Lokalzeitungen waren auch keine große Hilfe, weil da plötzlich Schlagzeilen auftauchten, die sagten, ja, es würde tatsächlich stimmen und die Welt würde untergehen.

Und dann zielte Esteban, der, der meine Hündin getötet hat, zum ersten Mal mit seiner Flinte auf den Boden und sagte, es wäre viel zu warm für Januar und die Flüsse weiter oben würden austrocknen und das würde ja wohl unweigerlich das Ende der Welt bedeuten. Und der Bürgermeister, der bei jeder Verschwörungstheorie ganz vorne mit dabei ist, erklärte das ganze letzte Jahr 2012 zum offiziellen Trauerjahr. Ich sagte jedem, der es hören wollte, und jedem, der es nicht hören wollte: »Ihr habt ja keine Ahnung! Der Bürgermeister will doch nur, dass wir so sehr mit Blödsinn wie dem Weltuntergang beschäftigt sind, dass wir keine Forderungen an ihn stellen. Die Welt geht nicht unter, das einzige, was untergehen wird, ist unser Dorf, wenn wir nicht aufpassen.«

Sie hätten sicher das Gleiche gesagt. Aber das war der Moment, in dem in meinem Leben alles durcheinander geriet. Der Moment, in dem der Knoten entstand und sich das Feuer in meinen Eingeweiden festfraß. Ich weiß nicht, ich weiß nicht, ob nur meine Welt in dem Jahr, das wir gerade hinter uns gelassen haben, gestorben ist oder ob die Welt nur hier bei uns, in diesem kleinen Dorf, unterging. Aber es stimmt: Wenn ich heute zurückblicke, am ersten Januar eines neuen Jahres, kann ich sagen, dass gestern die Welt untergegangen ist. Lassen Sie es mich Ihnen erzählen.

Der Herr zieht sein Hemd an und steht auf. Gehen Sie nicht, sage ich. Ich würde am liebsten weinen, aber das sage ich ihm nicht. Bleiben Sie noch ein bisschen, ich weiß, wo Ihr Hund ist, und wir können wirklich nichts weiter tun als zu warten. Ich verspreche es Ihnen, ich schwöre es. Er sieht mich an und sieht mich an, bitte sehen Sie mich nicht so an, sage ich. Sie müssen nur hier bleiben, dann kommt er wieder. Er sieht mich an und sieht mich an, bitte sehen Sie mich nicht so an, aber das sage ich ihm nicht. Dann setzt er sich wieder hin, denn er kennt hier nichts, und jetzt, in diesem Augenblick, am ersten Nachmittag des Jahres, an dem der Trauerflor von den Häusern hinter uns hängt, bin ich der einzige Mensch, den er auf dieser Welt hat, und er ist der einzige Mensch, den ich auf der Welt habe.

ICH GING DEN STEINPFAD HINUNTER

Es ist wirklich sehr warm für Januar, aber Sie haben ja keine Ahnung, wie warm es letzten März hier bei uns war, sage ich zu dem Herrn. Außerdem brachte uns das Jahr 2012 keinen Regen, und die Sonne schlug wie ein böser Mann auf uns ein. Wir Jungen sind hier im Dorf nur zu viert: Javier, Catalina, Marco und ich. Und weil wir so alleine sind, verbringen wir fast unser ganzes Leben zusammen. Außerdem ist da natürlich noch Nora, Señor, meine Schwester ist auch jung, aber sie zählt nicht, nein, sie nicht. Dass wir in diesem Dorf geboren sind, macht, dass wir zusammenhalten, ich weiß nicht genau, worin, Señor, aber ich denke mal, einfach nur im Dasein. Hier ist nicht viel los, wissen Sie, man kann praktisch nirgendwo hingehen, und alle wissen, wenn du nicht hier bist, bist du dort. Deshalb rauchen wir so gern Marcos Gras, Señor, weil sich dann jeder in den Bildern in seinem eigenen Kopf verliert, selbst wenn wir vier zusammen sind, wenn wir uns im selben Raum befinden, am selben Tisch sitzen, und dort findet uns keiner, und wir selbst finden uns auch nicht.

Marco ist wie eine Bergeiche, mit einem kräftigen, breiten Stamm und brutal und rücksichtslos vorstoßenden Wurzeln, so ist Marco, Señor. Javier dagegen ist eher wie ein Erdbeerbaum, ein Bäumchen, fast so klein wie ein Strauch, aber mit Früchten, die rötlich sind wie seine von der Sonne geröteten Wangen oder von der Hitze gebräunten Schultern. Meine Mutter sagt immer, in der Hauptstadt hätten sie die Erdbeerbäume für sich entdeckt, aber in Wirklichkeit wachsen dort nur wenige, weil sie das Klima nicht vertragen. Und auch das hat mich immer an Javier erinnert, Señor, der könnte in einem fremden Klima auch nicht überleben, selbst wenn ich ihn noch so gerne woanders mit hinnehmen würde. Catalina ist wie eine Mimose. Eine verkrüppelte Mimose, der ein Ast fehlt oder die eine verdrehte Wurzel hat, so dass sie ganz krumm und schief wächst. Arme Catalina, Señor, seit sie sich einmal ihr Bein verbrannt hat, hat sie eine leuchtend rote Narbe, die aussieht wie ein runzeliger Stein, und hinkt. Deshalb will sie sich unbedingt operieren lassen. Ich habe ihr schon oft gesagt, dass sie das mit der Operation vergessen kann, dass da nichts zu machen ist. Aber sie spart und spart, und wenn sie weiter so sparsam lebt, kann sie das ganze Dorf kaufen, bevor sie dreißig ist. Meine Schwester, Señor, meine Schwester ist eine ganz eigene Pflanzenart, mit nichts vergleichbar. Alte Leute gibt es in diesem Dorf dagegen jede Menge, und das, obwohl wir nicht mal zweihundert Bewohner sind. Was uns hier fehlt, was wir nicht kennen, das ist, dass Leute von außerhalb hierher kommen und bleiben. Das kennen wir hier kaum, und deshalb fing mein Magen wieder an zu brennen, als die Märzhitze auf meinen Kopf eindrosch und Catalina mir das von Jimenas Haus erzählte, so wie er gebrannt hatte, als meine Mutter mir das vom Ende der Welt erzählte.

Ich ging den Steinpfad hinunter, als mir Catalina entgegenkam. Sie haben Jimenas Haus verkauft, sagte sie. Jimena war meine Großmutter, Señor, aber meine Mutter wollte nie etwas mit ihr zu tun haben, sie nannte sie nur »diese Frau«, und als sie starb, weigerte sich meine Mutter, das Haus zu übernehmen, und so wurde es zum Eigentum des ganzen Dorfes. Ich habe meine Großmutter nie »Großmutter« genannt. Aber Jimena hat mich geliebt. Die Große Lea mochte sie nicht, aber die Kleine Lea sehr wohl, deshalb brachte sie mir Blumen an die Schulbushaltestelle. Manchmal stellte sie dort morgens Blumen für mich hin. Anfangs haben Javier, Marco und Catalina gelacht und gesagt, die kämen von einem alten Verehrer. Aber ich wusste, dass sie von Jimena waren, weil Jimena mich liebte und diese Blumen an ihrem Fenster hingen. Ich habe ihr dafür Obst aus dem Laden vor die Tür gestellt, und wenn meine Mutter mich dabei erwischte, sagte sie: »Hoffen und Harren hält manchen zum Narren«, und ich entgegnete: »Wer andern Gutes tut, dem geht es selber gut.«

»Und wer hat das Haus verkauft, wenn es dem ganzen Dorf gehört?«, fragte ich Catalina, »wer bekommt das Geld dafür?« »Ich denke, Pueblo Grande«, sagte sie. Wissen Sie, wenn ich Gemeindevorsteherin wäre, dann wäre Jimenas Haus jetzt eine Ambulanz. Ich sagte Ihnen ja schon, mein Kopf ist das Beste an mir. »Ich habe gehört, dass es Leute aus der Stadt gekauft haben«, erzählte mir Catalina. »Du bist dumm, wer soll denn in dieses Dorf kommen, wenn sie in der Stadt das Meer haben?« »Nein, nein«, sagte Catalina, »die sind nicht hier aus der Gegend, die kommen aus Zentralspanien, aus Madrid, und sie haben genug von der Stadt und wollen Felder und Wald.« »Den Wald wollen sie nur, weil sie ihn noch nie aus der Nähe gesehen haben«, sagte ich zu Catalina.

Wenn ich hier im Dorf das Sagen hätte, würde ich Schilder aufstellen, Señor, Tafeln, riesige Stellwände, auf denen steht: »Hier findet ihr nicht, was ihr sucht.« Die Leute wissen das nicht, aber die kleinen Dörfer stinken nach Kuhmist und nach Haufen von toten Tieren und nach Angst und Groll und Langeweile und Schmerzen und Hass, die von Generation zu Generation weitervererbt werden. Und Fremde kommen nur, weil sie sich in eine merkwürdige Idee vom Leben auf dem Land verliebt haben, das in Wirklichkeit nichts anderes ist als Leere und endlos lange Stunden.

Catalina sagte: »Sie malt, und er will eine Käserei aufmachen.« »Wieso denn eine Käserei, wir haben hier doch schon genug Käse«, erwiderte ich. »Denen ist egal, was wir hier haben, außerdem haben sie einen kleinen Jungen.« »Wie klein?« »Fünf oder drei, keine Ahnung.« »Der wird sich hier langweilen«, sagte ich und dann: »Was wollen die hier?« »Das gleiche wie du und ich, Lea«, sagte Catalina, »leben.« Leben, sagte sie. Leben. Und da fing das Brennen in meinen Eingeweiden wieder an, und ich spürte, wie mir die Wut bis in die Kehle stieg.

Anderes kenne ich nicht, Señor, aber eines weiß ich, nämlich dass das, was jemand kauft, zuerst einmal verkauft werden muss. Und an Jimenas Haus hatte kein Schild *zu verkaufen* gehangen. Wissen Sie, ich war unfassbar wütend, weil meine Großmutter in diesem Haus so schrecklich einsam gewesen war. Ich weiß nicht, warum sie in all der Zeit kaum aus dem Haus ging, warum sie es fast zwanzig Jahre nur einmal in der Woche verließ, um einzukaufen und mir Blumen hinzustellen. Und sie hat immer nur wenig gekauft, weil sie so dünn war, dass man sie von der Seite glatt übersehen konnte. Meine Großmutter starb im Bett, allein, und die Totenwache hielten die Nachbarinnen, weil meine Mutter sich nie mit ihr ausgesöhnt hatte. Ich weiß nicht, was so Unverzeihliches zwischen ihnen vorgefallen ist, aber das ist mir egal, denn auch wenn in den Dörfern der Hass vererbt wird wie die Kühe oder die

Geschäfte, habe ich von diesem Hass nichts geerbt. Jimenas Haus ist mit Abstand das größte im Dorf. Als sie frisch verheiratet war und an ihre Zukunft dachte, stellte sie sich vor, dass sie einmal viele Kinder und viele Enkel haben würde, aber dann hat ihr das Leben nur eine Tochter und einen früh verstorbenen Mann geschenkt, und so blieb sie allein und verbrachte ihre Tage in einem zu großen Haus in einem zu kleinen Dorf. Mein Großvater hat sie nur ein einziges Mal mit an den Strand genommen, können Sie sich das vorstellen? In ihrem ganzen Leben hat Jimena nur fünf Mal das Meer gesehen. »Wie traurig, Mama«, sagte ich zu meiner Mutter, »da wohnt man schon so nah am Wasser, und sieht immer nur den Wald.« Und meine Mutter antwortete: »Was man nicht sieht, das existiert auch nicht, Lea.« Meine Mutter hörte auf, meine Großmutter zu sehen, und meine Großmutter hörte auf, zu existieren. Wäre das jetzt passiert, würde ich Jimena ins Auto packen und mit ihr ans Meer fahren, und dort würde ich uns mit meinem Geld in einer Pension mit Liegestühlen am Strand einquartieren. Aber ich war noch zu klein, als es geschah.

Ich ließ Catalina stehen, ging zum Haus und stellte mich davor. Ich war wie besessen, Señor, Sie können sich nicht vorstellen, wie wütend ich war. Dabei liebe ich es, wenn Fremde zu uns ins Dorf kommen, aber die, die jetzt kamen, würden bleiben, und sie wussten nichts vom Landleben und nichts vom Wald, und wenn ihr kleiner Junge verloren ging, würde er ganz bestimmt nicht dorthin laufen, wo die toten Hasen liegen, um zu fressen. Ich weiß manches, aber wo die verirrten Kinder hingehen, weiß ich nicht. Wir Einheimischen wissen nichts über Fremde, die nur hierherkommen, weil sie woanders nicht mehr geliebt werden. Außerdem zählen auf dem Land nur die Hände, nur die Hände, Señor, und was brachten diese Fremden schon mit außer einer absurden Idee vom Landleben? Und noch dazu standen wir kurz vor dem Ende der Welt. Noch dazu verschwamm die Welt immer mehr. Deshalb war ich wie besessen, Señor.

Das Haus stand leer, es war schon seit drei Jahren verlassen. Alle wussten, dass die Liebespaare aus Pueblo Grande es als Liebesnest nutzten. Esteban sagte immer, er könnte sie stöhnen hören. Mir gefiel es, dass das Dorfeigentum auch dafür genutzt wurde, wenn es sonst schon keinen Platz gab. Wenn man verliebt ist, muss man seine Leidenschaft ausleben, und niemand kann einen davon abhalten. Deshalb wäre das Haus, wenn es meines wäre, halb Gasthof und halb Ambulanz.

Als ich an diesem Tag beim Haus ankam, traf ich Javier, der auf dem Weg zu uns war, um mir Gemüse aus seinem Garten vor die Tür zu legen. Er hat nämlich einen kleinen Gemüsegarten, aber das, was dort wächst, teilt er mit uns, so wie Marco sein Gras mit uns teilt und ich das Gebäck, das im Laden übrig bleibt, die *Sobaos,* mit den anderen teile. Mein Haus ist dunkel, alle Fenster gehen auf den Wald hinaus, aber wir haben einen Hof mit Hühnern und Kaninchen und eine Ziege, die Javier eines Tages vor seiner Haustür gefunden und zu uns gebracht hat, weil er sagte, nein, nein, nein, eine Ziege wollte er nicht. Javier lebt allein im kleinsten Haus des Dorfes. Sein Vater ist früh gestorben, und seine Mutter ist fortgegangen und hat ihn alleingelassen. Sie ist nie zurückgekommen. Hier im Dorf zählen wir sie zu den Verschwundenen, weil die Nachbarn sagen, sie hätten gesehen, wie sie im Morgengrauen in den Wald ging und nie wieder herauskam. Aber darüber spreche ich mit Javier nicht. Jetzt hat Javier ein kleines Haus, einen kleinen Gemüsegarten und eine Bar in Pueblo Grande. Wenn ich Sie unter anderen Umständen kennengelernt hätte, hätte ich Sie dorthin mitgenommen. In der Bar lässt Javier uns Marcos Gras rauchen, deshalb treffen wir uns manchmal nachmittags dort.

»Eine Familie aus Zentralspanien zieht hier ein«, sagte ich zu Javier. »Wo hier?«, fragte er. »Hier«, sagte ich, »in Jimenas Haus.« »Dann haben die Liebespaare ab jetzt kein Bett mehr«, sagte er, und ich musste lachen, so wie Sie vorhin über das Ende der Welt gelacht haben, weil ich mir die Paare voller unerfüllter Sehnsucht vorstellte. Später erzählte ich meiner Mutter: »Mama, die haben Jimenas Haus verkauft«, und sie sagte: »Was geht's mich an?« Da habe ich nicht gelacht, weil ich mir all die Geheimnisse vorstellte, die dieses Haus bewahrt hatte, und ich dachte bei mir, arme Jimena, so ein großes Haus ganz für sie allein, und in all den Jahren, die sie darin gelebt hat, hat sie es mit nichts gefüllt, hatte nichts und niemanden außer ihrem Elend, ihrer Unfreundlichkeit, ihrem Radio und ihrer Katze, die sie auch verlassen hat. Und da bekam ich Angst, so eine Angst, wie Kinder sie haben oder manche hier vor dem Ende der Welt, denn wenn auf dem Land der Hass erblich ist, ist es ja vielleicht auch die Einsamkeit, und meine Eingeweide fingen wieder an zu brennen und plötzlich war ich so traurig, dass ich dachte, so muss es sich anfühlen, wenn die Welt untergeht.

»Weshalb die wohl herkommen?«, fragte ich meine Mutter. »Weshalb auch immer, Lea, wir können hier neue Leute gut gebrauchen.« »Außerdem«, sagte mein Vater, der draußen bei den Kaninchen war, »ist es ganz egal, ob sie kommen oder nicht, denn wenn es wirklich wahr ist, dass die Welt untergeht, dann gehen wir alle mit unter.« Da konnte ich mich nicht mehr beherrschen und schrie sie an, dabei schreie ich sonst nie, Señor, ich rede gerne laut, aber ich schreie nicht. Ich schrie sie an, sie wären Dummköpfe, weil sie glaubten, dass die Welt untergeht, und weil sie Fremde aufnähmen, und ich fragte sie, ob sie die Dolores vergessen hätten, die vor Jahren gekommen waren und die wir mit offenen Armen empfangen hatten und die sich dann die Hälfte der Ländereien unter den Nagel gerissen hatten und uns jetzt für sie schuften ließen. Von den Dolores, Señor, erzähle ich Ihnen später noch.

Wissen Sie, die Leute hier nehmen ihre Erinnerungen nicht ernst, lieber erleben sie tausend Mal dasselbe und sind immer wieder aufs Neue überrascht, als sich zu erinnern. »Hier ziehen nur die Leute her, die woanders keiner haben will!«, rief ich schließlich. »Jetzt hat deine Schwester die Hosen voll, und du bist schuld«, sagte mein Vater. Meine Schwester hat nämlich so wenig im Kopf, dass sie nicht mal alleine aufs Klo kann. An diesem Tag habe ich das erste Mal überlegt, wegzugehen, Señor. Ich glaube, an diesem Tag habe ich zum ersten Mal gemerkt, dass die Welt untergeht.

Am Abend erzählte ich Nora davon, während ich ihr die Essensreste vom Mund wischte. Ich bin nämlich diejenige, die Nora füttert, weil meine Eltern keine Kraft mehr für meine Schwester haben. Und als wir Schwestern so vertraut beisammensaßen, erzählte ich es ihr, ich sagte: »Nora, ich glaube, die Welt, die ich bis jetzt gekannt habe, wird mir zu eng, das Leben hier im Dorf ist ein kleiner Brunnen, Nora, wie es in dem Lied heißt, das Leben hier taugt nichts.« Aber ich sagte meiner Schwester nicht, dass die Welt, die ich bisher kannte mir zu eng wurde, weil ich

Angst hatte, allein in einem kleinen Dorf in einem zu großen Haus zurückzubleiben, wie Jimena.

Ich glaube, der Herr hört mir gerne zu. Viele Leute sagen mir, dass ich eine schöne Stimme habe und immer so begeistert erzähle, und dass man mir deshalb gerne zuhört. Der Herr sitzt gerne hier mit mir zusammen. Vielleicht interessiert es Sie nicht, was ich erzähle, sage ich zu ihm. Aber jetzt sind Sie mein Komplize, Sie sind der Komplize meiner Flucht. Von diesem Ende der Welt geht man nicht weg, man flieht. Und Sie müssen mir zuhören, Sie haben gar keine andere Wahl, weil ich Sie darum gebeten habe und Sie es akzeptiert haben. Der Herr lächelt und sieht mich liebevoll an. Manchmal sehen die Leute mich so an, wie Sie es gerade tun, sage ich zu ihm. Die Leute aus Pueblo Grande, die Leute, die nicht von hier sind, die sehen mich so an, wie Sie mich jetzt ansehen. Der Herr wird rot und sieht den Wald an. Und ich sehe auch den Wald an.

Es dauerte keine drei Wochen, da war Jimenas Haus nicht mehr wiederzuerkennen. Keine drei Wochen, Señor. Es hieß, die Familie aus Madrid hätte Geld, und alle im Dorf fragten sich, wie viel sie wohl dafür bezahlt hatten, das größte Haus des Dorfes in so kurzer Zeit herrichten zu lassen. »Die haben es aber eilig, herzukommen, Catalina«, sagte ich eines Mittags, während wir mit verschränkten Armen zusahen, wie die Eingangstür ausgetauscht wurde. »Was hast du nur gegen unser Dorf«, entgegnete sie, und ihr Tonfall klang verächtlich, weil diese vier Straßen ihr nicht zu eng wurden, so wie mir. Sie hatten die Fensterrahmen und die Türrahmen und die Wände weiß gestrichen, und ich dachte, diese Ignoranten aus der Stadt mögen ja alles Mögliche wissen, aber wie schön eine nackte Steinwand ist, das wissen sie nicht. Sie glauben mir nicht? Nackte Steine sind schön, und das sage nicht nur ich, das sieht ein jeder. Weil die Steine Geschichten erzählen. Und obwohl ich die fremde Familie noch gar nicht kannte, fühlte ich, wie meine Wut auf sie wuchs und wuchs, vom Magen bis in die Kehle, so, wie meine Nägel wuchsen oder meine Haare oder das Brennen in meinen Eingeweiden.

In den drei Wochen, in denen das Haus renoviert wurde, saß das ganze Dorf den lieben langen Tag drumherum. Selbst Juana hatte ihren Stuhl und den Stuhl ihres Bruders herbeigeschleppt. Niemand schien sich mehr Sorgen um das Ende der Welt zu machen. Die Leute setzten sich und sahen zu und beobachteten und redeten und schwiegen und lobten die gute Arbeit und brachten den Arbeitern Wasser und Würste. Catalina war auch den ganzen Vormittag über dort, als hätte sie nicht alle Hände voll zu tun. Nachmittags berichtete sie dann in Javiers Bar Marco, Javier und mir, wie es voranging. Die drei sagten zu mir, wenn ich jetzt schon so viel gegen diese Familie hätte, würde ich sie am Ende noch hassen, und Hass wäre auf dem Land gefährlicher als die Flinten, der Wald und die Krankheiten. Nein, nein, nein, sagte ich dann, was ich fühle, ist nicht Hass, sondern Neugier, das Warum, die Frage, wer sie nicht länger liebt, dass sie weggehen müssen.

Eines Nachmittags erzählte Catalina in der Bar, jetzt wäre das Haus fertig, und brach in Tränen aus. Ich konnte Catalinas Heulerei immer weniger ertragen, denn anders als meine Schwester, die nur weint, wenn ihr was weh tut, weint Catalina wegen allem und nichts. Wissen Sie, das war schon so, als wir noch klein waren und zur Schule gingen. Sie weinte, weil ihre Schuhe vom Steinpfad staubig waren. Oder weil sie sich auf dem Schulhof einen Splitter eingezogen hatte. Außerdem hörte sie nicht auf zu weinen: Wenn sie sich morgens einen Splitter einzog, weinte sie abends immer noch. Dann nahm ich ihr Gesicht in beide Hände, damit sie mir zuhörte, und sagte zu ihr, wenn sie um jeden Zentimeter heulen würde, den die Welt sich bewegt, würde sie an Austrocknung sterben, bevor sie zu Hause ankam. Und jetzt, wo wir aus der Schule raus sind, weint sie immer noch über Sachen wie das Ende der Arbeiten an Jimenas Haus oder diesen lächerlichen Weltuntergang. Aber in Wirklichkeit, habe ich immer gedacht, weint Catalina ein Leben lang, weil sie alles verunsichert, was nicht direkt vor ihrer Haustür passiert. Und wegen der Brandnarbe an ihrem Bein natürlich, deshalb wird sie ein Leben lang heulen.

»Und was kümmert es dich, dass die Bauarbeiten abgeschlossen sind?«, fragte Marco, aggressiv, wie er immer ist, wenn er etwas nicht weiß. »Jetzt weiß ich nicht mehr, was ich morgens machen soll.« »Na, zurück zu den Hühnern gehen«, sagte ich. Catalina arbeitet auf einer Hühnerfarm in Pueblo Grande. Wir beide haben zusammen mit der Schule aufgehört. Als wir siebzehn wurden, fanden wir, das machen wir kein weiteres Jahr, und sind gegangen. Die Schule war nicht das Richtige für uns. Ich wusste, dass das Leben da draußen war, und hielt es im Klassenzimmer nicht aus, ich habe zwar einen klugen Kopf, aber zwischen diesen vier Wänden kam ich mir vor wie ein Tier im Zoo und noch dazu in einem winzigen Käfig. Und Catalina wollte Geld verdienen, um sich ihr Hinkebein operieren zu lassen. Seitdem arbeite ich im Laden meiner Eltern, und Catalina lebt von dem Geld, das sie auf der Hühnerfarm verdient. »Und außerdem«, sagte sie und wischte sich die Tränen ab, »ist schon Frühling.«

Marco sah mich an und wir beide prusteten los, und Javier, der an einem anderen Tisch bediente, lachte auch. Keiner von uns hatte das Thema mehr angesprochen, weil wir es lächerlich fanden und Catalina immer anfing zu weinen und wir keine Lust hatten, ihre Tränenpfützen aufzuwischen. Tatsächlich redete Anfang April niemand mehr über das Ende der Welt, auch wenn jeden Tag Schweigeminuten abgehalten wurden und der Trauerflor immer noch in den Fenstern hing. »Sei doch nicht so dumm, Catalina«, sagte Marco, und sie widersprach: »Doch, doch, da gibt es gar nichts zu lachen, die Zeitungen schreiben immer noch darüber, und ich habe im Internet danach gesucht, das hier ist unser letzter Sommer, es geht zu Ende, die Uhr läuft ab, und ich will nicht sterben.« Ein Ehepaar aus Pueblo Grande, das uns zugehört hatte, kam zu uns herüber und sagte: »Ihr werdet schon sehen: Wer nicht hören will, muss fühlen«, und ich dachte bei mir, was für ein Glück, dass ich aus der Schule raus bin, denn selbst die beste Bildung schützt einen nicht davor, an den größten Blödsinn zu glauben. »Seht euch nur den Bürgermeister an, der kennt sich aus und glaubt an das Ende der Welt«, fügte der Mann hinzu, während seine Frau auf den Boden starrte. Und plötzlich erkannte ich in dieser Frau die Zukunft, die mich in einem Dorf wie diesem erwartete, Señor. Zum ersten Mal – stellen Sie sich vor, zum ersten Mal! – sah ich die Tage und Wochen vor mir, die zu Jahren würden, wenn ich nicht mehr aus meinem Leben machte. Wenn ich hier bleibe, Señor, erwartet mich ein Dasein, das von lächerlichem Aberglauben bestimmt wird, im Schatten einer langen Ehe. Also sagte ich zu dem Paar: »Ende gut, alles gut« und begleitete sie bis zur Tür. Während ich ihnen mit meinen vom Marihuana geweiteten Pupillen hinterher sah, wie sie davongingen, fühlte ich wieder das Brennen in meinen Eingeweiden, und in mir wuchs die Angst wie ein einheimischer Baum. Sehen sie denn nicht, dass wir das Ende der Welt in uns selbst tragen, dass das Ende der Welt dieser Ort ist, dieser Wald und das große Vergessen, in dem wir leben?, sagte ich, aber nur zu mir selbst.

Als ich dann wieder am Tisch neben Catalina saß, stieg mir das Feuer bis rauf in die Kehle, und da konnte ich mich nicht mehr beherrschen und sagte zu ihr: »Heul draußen, dann sparen wir uns die Straßenreinigung.« Und Marco, der von uns Vieren am ehesten ausfallend wird, sah ganz überrascht aus, und Catalinas Traurigkeit war wie weggeblasen, und der Tränenfluss versiegte wie abgeschnitten. Am liebsten hätte ich noch gesagt, hoffentlich trocknen dir die Augen aus, aber das sagte ich nicht. Ich bin selten grausam. Von Grausamkeit verstehe ich nichts, das können Sie mir glauben. Aber irgendetwas von hier steckt mir im Blut, das mich manchmal grausam macht. Denn kleine Dörfer machen die Menschen böse, sodass sie zu allem imstande sind, imstande, Hasen zu häuten und sich an den Anblick zu gewöhnen, und das ist ansteckend wie die Grippe, weil es von der Erschöpfung, dem Vergessen und den vier Straßen kommt, in denen wir wohnen. Und in diesem Augenblick wollte ich grausam zu Catalina sein, weil ich nicht ertrug, dass sie wegen so etwas Lächerlichem wie dem Ende der Welt herumheulte. Und ich hätte noch grausamer sein können, ich hätte sagen können: »Raus hier, Hinkebein, geh zum Heulen in den Wald, vielleicht gehst du ja dort verloren.« Oder: »Nicht mal die Hühner auf der Hühnerfarm lieben dich.« Catalina ist nämlich sehr wenig geliebt worden in ihrem Leben, deshalb kennt sie sich damit nicht aus, von der Liebe weiß sie nichts. Oder ich hätte ihr sagen können, dass ihr Bein aussieht wie der runzelige Arsch einer Kuh, aber das tat ich nicht, denn sonst hätten wir den ganzen Abend lang das Wasser aus ihren Augen trocknen müssen. Aber ein bisschen grausam war ich schon, und das tat mir gut. »Wenn du wirklich glaubst, dass die Welt untergeht, komm hinterher bloß nicht zu mir gerannt, um zu feiern, dass du noch am Leben bist, weil ich dich ganz bestimmt nicht reinlassen werde, Hinkebein.« Meine geweiteten Pupillen waren meine Rechtfertigung, und Javier kam hinter dem Tresen hervor und sagte: »Hör nicht auf sie, Catalina«, und dann packte er mich am Arm und sagte: »Was ist nur mit dir los?«

Der Herr sieht mich an, und diesmal ist sein Blick ernst. Sehen Sie mich nicht so an, sehen Sie mich gar nicht an, sage ich, und erzähle weiter.

Wissen Sie, als ich geboren wurde, war meine Mutter schon Mutter einer dreijährigen Nora. Der einzige Unterschied zwischen der dreijährigen Nora und der Nora von heute ist, dass meine Schwester keine Milchzähne mehr hat. Als ich geboren wurde, kannte meine Mutter sich mit anderem aus, aber nicht mit Babys, die munter sind wie ein Rehkitz, denn meine Schwester hatte meine Mutter gelehrt, wie grausam das Leben sein kann, aber Noras kaputtes Gehirn hinderte sie daran, sich zu freuen. Javier und Nora kamen am selben Tag im selben Jahr zur Welt, und die Nachbarn gingen erst das eine und dann das andere Baby ansehen. Sie können sich denken, dass in einem Dorf, in dem es so gut wie keine Kinder gibt, die Geburt von gleich zweien ein größeres Ereignis ist als das Dorffest im August. Die Leute sagen, als sie von einem Haus zum anderen gingen, wäre das gewesen, als käme man vom Meer in den Wald, und als sie unser Haus betraten und meine Eltern sahen, die eine Nora mit leerem Blick in den Armen hielten, da hätten sie sich genau so gefühlt wie beim Gedanken an den Wald, als ob hinter dem Babygesicht die Landas lauerten. Und sie erzählen, der Anblick von Javier hätte sie an ein starkes, lebensfrohes Kälbchen erinnert, wie er an der Brust seiner Mutter hing, als wüsste er schon, was Hunger ist, obwohl er gerade erst geboren war; er erinnerte sie an ein lebhaftes, fröhliches Meer. Das Glück, das in Javiers Haus herrschte, gab es nicht in unserem Haus, als meine Eltern Eltern wurden, und das tat Javiers Mutter leid, deshalb nahm sie ihren Sohn und kam, um meinen Eltern mit Nora zu helfen, und dafür stellte meine Mutter ihr regelmäßig Obst aus dem Laden vor die Tür. Ich nehme an, Javiers Mutter war dankbar, dass sie die Glücklichere von beiden gewesen war und ein gesundes Baby zur Welt gebracht hatte. Meine Familie tat ihr leid. Das passiert uns oft mit Nora, dass wir bedauert werden. Dann sage ich immer, Bedauern ist was für traurige Leute, und in diesem Haus ist es immer fröhlich zugegangen, in diesem Haus wird wenig geweint, denn vom Weinen verstehen wir nichts, wir wissen gar nicht richtig, wie man weint. Außerdem, Señor, macht Kummer krank.

Als ich dann drei Jahre nach meiner Schwester geboren wurde, waren Javier und seine Mutter jedenfalls die ersten, die kamen, um mich anzusehen. Meine Mutter erzählt immer, als Javier meinen lebendigen Blick sah, hätte er als erstes an mir geschnuppert. Ich habe Ihnen ja schon erzählt, dass ich nichts riechen kann. Aber im Laufe der Jahre habe ich gelernt, Gerüche auf andere Weise wahrzunehmen, und auch wenn ich vielleicht nichts anderes weiß, weiß ich doch, dass meine Mutter wie Limetten in einem

Weidenkorb riecht und mein Vater nach einem Morgen im Garten, wenn noch nichts geerntet ist. Den Duft von Javier habe ich mir immer vorgestellt wie eine Orange, die man ohne Messer schält, sodass einem die Safttropfen in die Hand spritzen. Und als Javier mich jetzt am Arm packte und fragte: »Was ist nur mit dir los?«, da hätte ich gerne an ihm geschnuppert. Oder mir gewünscht, dass er an mir schnuppert.

Was sollte ich ihm sagen, Señor, ich wusste ja selbst kaum, was mit mir los war! Also sagte ich, mit mir wäre alles wie immer, ich würde nur überlegen, von hier fortzugehen, jedenfalls hätte ich das sagen sollen, dann wäre jetzt alles viel einfacher, aber stattdessen sagte ich ihm, meine Eingeweide würden brennen wie Feuer. Er zischte mich an: »Seit Jimenas Haus verkauft ist, bist du seltsam.« Und ich wusste beim besten Willen nicht, wie ich ihm erklären sollte, dass ich mich unwohl fühlte und dass ich tief in mir drin, im tiefsten Innersten, Angst vor dem Ende der Welt hatte, weil wir doch schon am Ende der Welt lebten, und wenn Sterben bedeutete, für immer in diesem Dorf zu leben, dann wollte ich nicht sterben.

Nachdem die anderen mich nach Hause gebracht hatten, blieb ich vor der Tür stehen und rauchte das Gras, das von der Bar übrig geblieben war, um mich nach diesem Nachmittag zu entspannen. Die Nacht in unserem Dorf ist voller Geräusche, denn auf dem Land ist es niemals still. Irgendjemand trieb um diese späte Zeit noch Kühe auf die Weide. Ich stellte mir vor, wie ich zu den Neuankömmlingen sagte, rührt mein Land nicht an, denn wenn ich es irgendwann schaffe, von hier fortzugehen, lasse ich mein Herz begraben zurück. Und während ich mir das vorstellte, starrte der Wald mich an. »Was willst du? Du hast doch schon alles«, sagte ich zum Wald. Und der Wind blies mir ins Gesicht, als wäre die Dunkelheit ein offenes Fenster, und es war wirklich ungewöhnlich warm für April. Der Wind fachte das Feuer in meinen Eingeweiden wieder an. Sehen Sie, ich weiß genau: Würden diejenigen, die im Wald verschwunden sind, entscheiden, zurückzukehren, dann kämen sie zu mir und würden mir sagen: »Keine Angst, Lea, es tut gar nicht weh.« Das sagen sie einem nämlich immer, bevor es weh tut oder etwas Schlimmes passiert. Der Arzt sagt das, und dann kommt ein Schmerz, den du nie vergisst. Und wenn das Ende der Welt sprechen könnte, würde es auch zu uns sagen »Keine Angst, es tut gar nicht weh«, und dann würde es doch wehtun. Und wer aus dem Wald wiederkehrt, tut das nur, um Schmerz mitzubringen. Mit dem Gras, das ich in dieser Nacht rauchte, kamen nach und nach die Erinnerungen an die Kindheit mit meiner Schwester zurück. Der Wald vor mir verschwand und stattdessen sah ich mich als kleines Mädchen und meine Mutter, wie sie vor einer schlaff daliegenden Nora stand und ihre entzündeten Zähne behandelte. Wenn man meine Schwester hochhebt, fühlt sich das an, als würde man ein totes Kalb hochheben. Nora lief rötliche Spucke übers Kinn und sie sah mich an und sah mich an, weil meine Schwester mich immer ansieht. Meine Schwester wird nie aufhören, mich anzusehen.

Zwischen dem Herrn und mir wird es still, weil ich kurz aufhören muss zu reden. Dem Herrn macht die Stille nichts aus. Ich mag Sie, sage ich, dann erzähle ich weiter.

Und dann kam Marco zu mir und packte mich grob am Arm und sagte auch: »Was ist nur mit dir los?« Ich schob seine Hand weg, weil ich nicht wollte, dass Marco mich anfasst. Er hat seine Kraft nicht unter Kontrolle, darum wollte ich nicht, dass Marco mich anfasst. »Was ist nur mit dir los?«, wiederholte er. Und dann gingen wir zusammen hierher, an den Rand der Landas, und setzten uns hin, so wie wir beide jetzt. »Dein Problem ist, dass du zu wenig weinst«, sagte er. »Doch, doch, wenn man zu wenig weint, wird man wütend«, erklärte er, und ich musste lachen, denn wenn jemand immer wütend wird, ist es er, er ist der mit dem aufbrausenden Temperament, derjenige, der mir manchmal Angst macht und manchmal uns und seine Tiere und seine Felder schlecht behandelt und der, wenn er zu viel getrunken hat, zu Hause ans Bett pinkelt, in dem seine Eltern schlafen.

Der Herr lacht. Doch, doch, und dann sagt seine Mutter »Und für sowas wie dich habe ich zehn Stunden in den Wehen gelegen!« Der Herr lacht, und ich lache mit ihm.

Marco ist so, weil er auch nicht hier sein will, aber er weiß gar nichts. Marco ist nämlich viel früher aus der Schule raus als ich, und er weiß nichts. Nichts von dem, was er weiß, wäre ihm woanders nützlich. Er weiß nur, wie man das Land bestellt, weil sein Vater ihn mit dreizehn aus der Schule genommen hat. Sehen Sie mich nicht so an, ich weiß schon, dass das nicht erlaubt ist, aber hier merkt das keiner. Schließlich ist das hier das Ende der Welt, das Ende der Landkarten. Hier kommt niemand vorbei, um nachzusehen, was die Kinder so treiben. Und jetzt weiß Marco nur, wie man pflügt und erntet und die Kühe anderer Leute hütet. Und so einer sagt mir, dass ich zu wenig weine. »Was weißt du schon«, hätte ich ihm am liebsten gesagt, und ich sagte es auch. Und dann sagte ich noch, dass man immer nur weint, damit die anderen es sehen. Und dass Catalina immer alle ihre Gefühle rauslässt und dabei weint, und dass ich das nicht verstehe, weil man niemals aus Kummer weint. Den Kummer trägt man in sich herum, bis er verheilt ist. Denn es ist nicht nötig, dass man aus Schmerzen weint, wenn man sie in sich drinnen behält, verschwinden sie, wie der Fluss verschwindet, wenn es kein Wasser gibt, und dann bleibt nichts als eine Rinne, die einen daran erinnert, dass es dort einmal Kummer gab. Und Marco sagte wieder, dass mein Problem ist, dass ich zu wenig weine. »Nein, nein, nein, mein Kummer heilt anders«, sagte ich. Und die Wut und das Marihuana und die Dunkelheit wuchsen in mir wie das Feuer in meinen Eingeweiden. »Du wirst hier niemals wegkommen, Lea, dieses Land lässt uns nicht gehen«, sagte er.

Marco hatte schon immer eine Schwäche für mich. Javier und Nora sind am selben Tag im selben Jahr geboren und Marco und ich im selben Jahr, aber mit fünf Tagen Unterschied. Ich war wie ein frisch gefangener Lachs, und er war wie ein toter Hase, einer von denen, die die Hunde fressen, wenn sie sich verlaufen haben. Wie einer von denen, die ihr Hund gerade frisst. Denn ich war bei meiner Geburt quicklebendig, und Marco wäre fast vor dem dritten Tag gestorben. Marco hatte schon immer eine Schwäche für mich. Als wir klein waren, wollte ich immer in Javiers Nähe sein, und er war klein und schmächtig und hatte überhaupt keine Ausdauer, also packte ich ihn am Arm und zog ihn mit; manchmal schleifte ich hin sogar hinter mir her, damit er mit mir Schritt hielt. Und wenn er mich jetzt ansieht, bin ich froh, dass ich ihn hinter mir hergezerrt habe, als er so schwach war, dass er kaum laufen konnte. Aber als sich sein Körper entwickelte und sein Vater ihn zum Arbeiten aufs Feld schickte, wurde aus dem Kälbchen Marco ein wütender Kampfstier, dem das Blut den Rücken herunterläuft. Er hatte schon immer eine Schwäche für mich, aber was Liebe ist, weiß er nicht.

»Komm«, sagte Marco, »Komm mit mir.« Und Sie können sich sicher denken, dass ich misstrauisch war, aber ich ging trotzdem mit ihm mit. Marco ging mit gesenktem Kopf; er erinnerte mich an den toten Hasen, der er als kleines Kind gewesen war. Bei uns ist die Nacht niemals still, wissen Sie? Es ist, als spürte man, dass irgendwo da draußen Geister sind, Tote, die in diesem Dorf gefangen sind, und Marco wird es genauso ergehen, wenn er tot ist, wird er immer noch in diesen Straßen umherwandern, weil er nie etwas anderes kennenlernen wird. Ich nicht, ich werde irgendwo anders umherwandern, wenn ich tot bin. »Sieh mal, was ich hier habe, nimm«, sagte er und hielt mir einen schwarzen Filzstift hin, einen von den dicken, mit denen die Leute ihr Vieh markieren. Und ich sah, was vor mir war, und das war die weiß gestrichene Steinwand von Jimenas Haus. Alle Türen und Fenster waren verschlossen, weil noch niemand im Haus lebte. Marco zwinkerte mir zu, und ein lautloses Lachen stieg in mir auf, und ich musste so sehr lachen, dass ich Marco ansteckte, und wenn Sie da gewesen wären, hätten Sie auch gelacht. Ich nahm die Kappe vom Filzstift und schrieb an die weiße Wand.

BELL, WENN DU WAS RIECHST

An dem Tag, an dem die fremde Familie ankam, musste ich auf Nora aufpassen. Ich passte immer auf Nora auf, wenn mein Vater für die Dolores arbeitete. Es gefiel mir nicht, dass er für sie arbeitete, weil mein Vater sich nicht traute, den Mund aufzumachen, und die Dolores ihn nicht gut behandelten. Ich sagte ihm immer, für jedes Schwein kommt mal der Sankt-Martins-Tag, und das sage ich, weil ich weiß, dass die Dolores eines Tages ihr blaues Wunder erleben werden; irgendwann muss ihnen einfach was Schlimmes zustoßen. »Papa, die bezahlen dich nicht gut, für das, was sie dir geben, solltest du höchstens eine halbe Stunde arbeiten«, sagte ich. Aber mein Vater, der keinen Ärger wollte, sagte immer: »Nein, Lea, ich mache das, weil sie mir eines Tages die Birnbäume überschreiben werden, und danach mache ich weiter, bis ich ein bisschen was von ihrem Land zurückbekomme.« Mein Vater versteht viel von Äpfeln, Gemüse und Tieren, aber davon, wie man den Mund aufmacht, verstand er wenig und von Geschäften gar nichts.

Marco arbeitet auch für die Dolores, und während mein Vater sich um ihr Obst kümmerte, versorgt er ihr Vieh. Aber Marco verdient gut bei ihnen, weil er alles aushält und keine Schmerzen kennt. Wenn er das Vieh nachts um drei auf die Weide treiben soll, dann macht er das, und wenn eine Kuh im Schlamm stecken bleibt, braucht er keine Hilfe, um sie herauszuziehen. Wofür er sein Geld ausgibt, weiß ich nicht. Manchmal gab er meinem Vater ein bisschen was ab, weil Marco schon immer eine Schwäche für mich hatte. Und was Liebe ist, weiß er vielleicht nicht, aber was tägliche Bedürfnisse sind, weiß er sehr wohl. Als ich rausfand, dass Marco meinem Vater Geld gab, nahm ich *Sobaos* aus dem Laden mit und stellte sie ihm vor die Tür, weil er die gerne isst und das der einzige Dank ist, den ich ihm erweisen kann. Aber mein Vater tat mir leid, so wie mir meine Mutter manchmal leid tut, weil meine Schwester so schwer ist, dass sie sie nicht mehr tragen kann. Also passte ich auf Nora auf, wenn mein Vater im Obstgarten für die Dolores arbeitete, damit meine Mutter auch eine Verschnaufpause hatte. Denn meine Mutter weiß nicht, dass ich es weiß, aber ich weiß, dass sie singt, wenn sie alleine im Laden ist.

Wenn Nora in die Hosen macht, gibt sie ein leises Knurren von sich. Dann weiß ich, dass ihre Windel voll ist, obwohl ich es nicht riechen kann. Manchmal ist es schwierig, sie hinzulegen, weil Nora ständig mit ihren Händen herumfuchtelt, als wollte sie mich daran erinnern, dass sie kein Gedächtnis und keinen Verstand hat, und obwohl sie keine Minute lang still hält, versteht sie nichts. Sie versteht nicht, dass ich sie hinlege, um sie sauber zu machen. Sie versteht nicht, dass ich sie aufsetze, um sie zu füttern. Meine Schwester versteht das Leben nicht und wird es nie verstehen. Aber ich glaube, wenn ich bei ihr bin, versteht sie ein bisschen mehr, weil ich sie noch tragen kann und weil ich es noch aushalte, wenn sie mich ansieht. Meine Eltern dagegen waren am Ende ihrer Kraft, von Blicken verstanden sie auch nichts mehr, und Nora starrt sie von Sonnenaufgang bis Sonnenuntergang an, weil das das Einzige ist, was Nora tut: starren und scheißen und essen, wenn man ihr etwas in den Mund schiebt. Meine

Eltern wissen nicht mehr, was sie vor lauter Erschöpfung tun sollen. Wenn ich Nora auf den Rücken lege, streichele ich ihr Gesicht und gebe ihr meine Hände, damit sie sieht, dass ich das Leben oft auch nicht verstehe, und dann beruhigt sich meine Schwester, und ihre Beine sind weniger schwer. Zwischen den Beinen meiner Schwester wuchert ein üppiges Dickicht, und ich sage zu ihr: »Hübsch siehst du aus, Nora, wenn du dich eingeschissen hast«, und bilde mir ein, dass sie lacht. Als sie klein war, steckte sie sich Erde in den Mund. Meine Eltern nahmen sie mit nach draußen auf das kleine Stück Land hinter unserem Haus, und dort nahm sie Erde und stopfte sie sich in den Mund. Meine Mutter kam angelaufen, um sie daran zu hindern, und Nora hatte ganz schwarze Zähne. Ich klaubte ihr die Regenwürmer und Zweigstückchen aus der Erde heraus, damit sie sie ungestört essen konnte. Wenn meine Mutter das sah, schrie sie: »Ihr beide seid mir ja zwei schöne Lorbeerbäume!« Den Satz habe ich nie verstanden. Ihr beide seid mir ja zwei schöne Lorbeerbäume. Verstehen Sie ihn? Ich nehme an, sie wollte damit sagen, dass sie Pech mit uns hatte. Ihr beide seid mir ja ein schönes Schlamassel. Ich weiß es nicht. Sie verstand nicht, dass wir Nora, wenn sie sich schon einmal für etwas entschieden hatte, diese eine Sache nicht verweigern durften. Weil Nora sich nie für etwas entscheidet, sondern nimmt, was kommt. Jetzt isst sie keine Erde mehr, weil sie sie nicht mehr mit nach draußen nehmen, und das ist traurig.

Während ich meiner Schwester an diesem Morgen die Windeln wechselte, fing der Hund unserer Nachbarin, der sich morgens oft in unser Haus schleicht und dann überall herumspaziert, wie es ihm gefällt, plötzlich an zu bellen. Was hast du, Hund. Was hast du, Hund. Er wedelte wie verrückt mit dem Schwanz. Was hast du bloß, Hund, sag mir, was du hast. Und in dem Moment fuhr ein Auto vor unserer Tür vorbei. Ich ließ Nora mit halb angezogener Windel und halb abgewischtem Hintern im Bett liegen. Wissen Sie, bei uns im Dorf schließt man die Haustür nur, wenn es regnet oder wenn man schlafen geht, und die Tür stand sperrangelweit offen. »Sei still, Hund«, sagte ich, und die Sonne schien mir direkt in die Augen, wie Ihnen vorhin, bevor Sie sich zu mir in den Schatten gesetzt haben. Mein Vater sagt immer, dass ich die Augen einer Dörflerin habe. »Sieh an, die Kleine Lea macht wieder Augen wie eine Dörflerin.« Damit meint er, dass ich manchmal so misstrauisch dreinblicke wie jemand, der immer in einem kleinen Dorf gelebt hat, oder wie jemand, der nah an einem gefährlichen Wald geboren wurde. Oder dass ich Angst vor dem habe, was ich nicht kenne. Und jetzt betrachtete ich den Wagen, der langsam vorbeifuhr, mit so einem Blick. In dem Wagen saß eine schlafende Frau und hinten drin ein kleiner Junge. Der Mann am Steuer trug eine Sonnenbrille und aus seinen Gesten glaubte ich zu erkennen, dass er sich über den holprigen Boden beschwerte, und ich stellte mir vor, wie er sagte, die verdammten Schlaglöcher ruinieren mir noch den Wagen. Aber die Frau schlief weiter, und ihr blondes, zerzaustes Haar klebte an der Fensterscheibe. »Sie sind da, Nora, sie sind da«, sagte ich. Und weil ich den Wagen nicht aus den Augen ließ und der Hund der Nachbarin nicht aufhörte zu bellen, bemerkte ich Catalina erst, als sie neben mir stand.

»Lea, Bist du taub, oder was? Ich habe schon die ganze Zeit von der Ecke aus nach dir gerufen«, sagte sie. »Das sind die Neuen! Du kannst dir nicht vorstellen, was auf dem Dorfplatz los ist. Und ich glaube, deine Mutter packt einen Willkommenskorb für sie.« Catalina hat nicht die Augen einer Dörflerin, sondern Augen wie ein kleines Kind, wie ein Fisch, dem die anderen Fische davongeschwommen sind. Wie jemand, der nichts weiß. Ich stellte mir vor, wie Catalina hinter dem Auto hergelaufen war und »Lea! Lea!« gerufen hatte, damit ich aus dem Fenster sah, wie die Neuen ankamen, und ihre Begeisterung rührte mich wie das Lied, in dem es heißt *Ich bin wie eine Brise ohne Luft, gehöre zu nichts und niemand.* Und ich hatte ein schlechtes Gewissen, weil ich sie am Abend zuvor »Hinkebein« genannt hatte. Lass uns hingehen und sehen, was sie machen, wenn sie beim Haus ankommen, sagte sie, es hat nämlich jemand *Unerwünscht* an ihre Hauswand geschrieben.

Der Herr sieht mich an, und ich sehe den Wald an.

In dem Jahr, in dem Catalina geboren wurde, war sie die Einzige. Das war ein sehr trauriges Jahr, wissen Sie, weil ihre Mutter starb, kaum dass Catalina aus ihrem Bauch heraus war. Der Bürgermeister ordnete eine einwöchige Totenwache an. Aber hier im Dorf sind wir nicht mal zweihundert Leute, und am Nachmittag hatten alle der Toten die letzte Ehre erwiesen und Catalinas Mutter fing an zu stinken. Als die Woche vorbei war, stank das Dorf schlimmer als eine faulige Pfütze. Catalinas Vater liebte sie nicht und kümmerte sich nicht um sie. Die Nachbarn erzählen, dass Catalina nachts so laut weinte, dass man es im ganzen Dorf hörte. Sie weinte und weinte. »Sie weint nach ihrer Mutter«, sagten manche, und andere: »Nein, nein, sie weint, weil ihr Vater sie nicht aus der Wiege holt.« Jedenfalls ist Catalina in ihrem Leben wenig geliebt worden, und jetzt liebt sie zu viel. Und sie verzeiht viel zu schnell, aber das tut sie nur aus Angst, dass die Leute sie sonst nicht mehr lieben. Catalina liebt Marco, aber Marco wird nie wissen, wie er sie lieben soll, weil sie zu viel Frau für ihn ist.

»Wer hat das an die Wand geschrieben?«, fragte ich Catalina. »Esteban sagt, er hätte heute Nacht zwei Leute gesehen, wenn du mich fragst, war es jemand aus Pueblo Grande.« Da verschwand die Dörflerin aus meinen Augen, und ich sagte, wahrscheinlich hast du recht, denn wenn ich Catalina erzählte, dass Marco und ich es gewesen waren, würde sie wieder weinen und mich fragen, warum wir denn nicht wollten, dass die Neuen kämen. Das würde sie fragen, Señor. »Nora hat die Windeln voll, geh schon mal vor.« Ich windelte Nora fertig, die ein bisschen lauter knurrte, und Catalina, die schon immer Angst vor Nora hatte, hinkte zum Platz davon, so schnell sie konnte

»Hast du das gesehen, Nora? Hast du sie gesehen?«, fragte ich. »Die werden hier im Dorf den Verstand verlieren, wenn sie merken, wie langsam die Zeit hier vergeht, du wirst schon sehen. Du wirst schon sehen, wie sie verrückt werden und in den Wald hinein laufen, du weißt ja, niemand entgeht seinem Schicksal, und hier bei uns ist der Wald das Schicksal der Fremden. Aber ich habe mir angewöhnt, keine Fremden zu mögen, und mehr noch, niemanden zu lieben, der von woanders her zu uns kommt. Und die, die heute kommen, werden noch dazu bleiben. So wie vor vielen Jahren, als es dich und mich noch nicht gab, die Dolores geblieben sind. Damals ist das Gleiche passiert, Nora. Die waren willkommen, wurden mit offenen Armen empfangen … und jetzt sieh dir an, wie sie diejenigen ausbeuten, die sie in ihrer Mitte aufgenommen haben. Aber keiner hier scheint das zu merken. Wenn uns irgendein Irrer erzählt, dass die Welt untergeht, glauben wir ihm alle und haben Angst und hängen an allen Ecken und Enden Trauerflor auf. Und wenn ein paar Städter zu diesem Fleck auf der Landkarte kommen, der niemanden interessiert, sagen wir keinen Piep. Wir klatschen ihnen Beifall. Das kommt daher, dass die Leute sich langweilen und vor lauter Grün und schlechtem Wetter keine Fragen stellen. Aber wer will schon hierher kommen, Nora?«

Und der Brandstifter in meinen Eingeweiden zündete wieder die Lunte. Wieder spürte ich dieses Brennen. Das alles erzählte ich meiner Schwester, aber da war noch etwas, irgendetwas an der Art, wie die Frau im Auto geschlafen hatte. Etwas, das ich noch nicht identifizieren konnte. So wie bei der Frau in der Bar, die auf den Boden gestarrt hatte und in der ich meine Zukunft in diesem Dorf wiedererkannt hatte. Aber in der Fremden, die im Auto geschlafen hatte, hatte ich noch etwas anderes erahnt, etwas Dunkles, das ich nicht kannte. Und das machte mich wütend. Sehr wütend, denn wenn ich etwas nicht kenne, werde ich als Erstes wütend. Und die Hitze, die ein zahmes Flämmchen gewesen war, loderte auf zu einem alles verschlingenden Brand. Und ich wusste, ich wusste, dass es wieder passieren würde. Ich wusste, sobald die Fremden diesen Boden betraten, würde die Neugier wiederkommen. Du lernst einfach nicht dazu, Lea, sagte ich zu mir selbst. Hier darf man nicht neugierig sein auf das Neue, das kommt, man muss immer neugierig sein auf das Neue, das anderswo ist. Denn wenn sie dann weggehen oder verloren gehen, tut dir das weh.

Und da fing ich an wiederzukäuen wie die Kühe, Señor, so, wie ich gerade alles wiederkäue, was ich Ihnen erzähle. »Nora«, sagte ich. Ich packte ihre Hände und sah ihr in die Augen. Sie erwiderte meinen Blick, und das tut sie nur selten, weil Nora nicht weiß, wie das geht. »Du kennst mich«, fuhr ich fort. »Du weißt, dass ich es versuche. Dass ich versuche, unabhängiger zu sein, mein Herz nicht an Leute zu hängen. Du weißt, dass ich die Augen einer Dörflerin habe, Nora. Und ich denke, Nora, ich denke, wenn sie hierherkommen und sich frei entscheiden können, warum sollten sie dann nicht ganz schnell die Nase voll haben und wieder verschwinden? Und dann werde ich mir wieder sagen, dass die Leute nur herkommen, um wieder wegzugehen, aber dass wir vielleicht niemals weggehen werden.« Das alles sagte ich zu meiner Schwester. Und ich sagte noch: »Wenn niemand seinem Schicksal entgeht und das Schicksal der Fremden der Wald ist, dann ist es mein Schicksal, neugierig zu sein und zu lieben.« Und Nora knurrte nicht und fuchtelte nicht mit den Händen. Als ob sie dieses Mal verstehen würde. Und als ich so nachdachte, kam mir mit einem Mal der Gedanke, dass meine Eingeweide vielleicht gar nicht vor Wut brannten, sondern vor Erwartung. »Weißt du, Nora, eigentlich würde ich jetzt am liebsten zu ihnen hingehen und sagen, nein, nein, beachtet gar nicht, was an der Wand steht, in Wirklichkeit seid ihr herzlich willkommen am Ende der Welt. Ich heiße Lea, und wenn ihr was braucht: Ich wohne in einem der Häuser im Unterdorf. Und ich versuche, standhaft zu bleiben, und sage mir, dass in diesen vier Straßen nichts Interessantes passieren kann und alles Neue, was hier passiert, nichts weiter ist als das Trugbild eines Lebens, das wir nicht haben, aber gegen meine Neugier und meine Gutwilligkeit bin ich machtlos. Ich will nicht freundlich zu ihnen sein, weil das Landleben nicht freundlich ist und die kleinen Dörfer nicht freundlich sind, aber gerade eben brennen meine Eingeweide vor Verlangen, sie kennenzulernen, oder vor Zweifel, ich weiß es nicht, ich weiß es nicht. »Vielleicht ist es das, Nora, vielleicht muss ich sie sehen, um mich so richtig nach Herzenslust über ihre Anwesenheit ärgern zu können. Und ich erzähle dir das alles, Nora, « sagte ich, »weil du mir zuhören musst und verstehen musst, was ich sage. Versuch, deinen Kopf und deinen Körper wenigstens einen Augenblick lang unter Kontrolle zu halten. Doch, doch, du kannst das, Nora, hör zu, ich verschwinde jetzt, nur für zwanzig Minuten. Vielleicht weniger. Aber du musst schön ruhig bleiben. Ich bin gleich zurück. Und wenn ich wiederkomme, kämme ich dich, versprochen, ich flechte dir einen Zopf und dann nehme ich dich mit hinters Haus, so wie damals, als wir klein waren, und dort gebe ich dir Erde, du darfst Erde essen, versprochen. Rühr dich nicht vom Fleck, Nora.« Und dann sah ich den Hund der Nachbarin an und sagte, bleib hier bei ihr sitzen, Hund, und wenn sie sich bewegt, dann bellst du. Bell ganz laut, wenn sie aus dem Bett fällt oder in die Windel macht. Bell, wenn du was riechst, denn du weißt, wie das geht. Und dann ging ich Catalina nach, die vorausgehinkt war, und ließ Nora mit dem Hund und der offenen Haustür allein.

Ich ging schnell, und auf der Höhe des Ladens hatte ich sie eingeholt. Weil sie hinkt, selbst wenn sie rennt, hole ich sie immer ein. Im Vorbeigehen sah ich meine Mutter im Laden stehen und singen. Sie packte den Korb. Sie hatte das Gemüse hineingepackt, das gerade aus Pueblo Grande gekommen war, und die Äpfel aus dem Obstgarten der Dolores, die mein Vater in der Woche zuvor gepflückt hatte. Ich hakte mich bei Catalina unter, und wir stellten uns zwischen Juana und Marga von der Apotheke in Pueblo Grande.

Dann kam der Wagen angefahren, und wir starrten ihnen alle mit zusammengekniffenen Augen entgegen, weil die Sonne blendete. Ich habe Ihnen ja schon erzählt, Señor, dass die Sonne gnadenlos brannte, dafür, dass April war. »Marco hat mir erzählt, dass sie all ihre Ersparnisse für dieses Haus ausgegeben haben«, sagte Catalina. »Glaub nicht alles, was Marco erzählt«, entgegnete ich. Marco weiß immer alles, weil er ständig unterwegs ist, weil er den ganzen Tag in den Bars von Pueblo Grande herumhängt und manchmal wochenlang in der Stadt mit Meer ist. Aber wir wissen nicht, was genau er dort macht. »Hör nicht auf Marco, der hört die Glocke läuten, aber weiß nicht, wo sie hängt.« »Warum bist du nur immer so misstrauisch, Lea?«, sagte Catalina.

Die blonde Frau, die im Auto geschlafen hatte, war aufgewacht und betrachtete uns durch das Fenster. Der Junge, er war vielleicht vier oder fünf, hatte den Mund aufgerissen; es sah aus, als ob er weinte. Als ob er brüllte. Ich ließ Catalina los, und sie fragte mich, wo ich hin wollte, und sagte, ich solle bei ihr bleiben. Aber ich trat nach vorn und legte die Hand über die Augen, um besser sehen zu können. Ich stellte mich dicht neben Esteban, und Esteban fasste seine Flinte, weil er nicht damit gerechnet hatte, dass ich mich so dicht neben ihn stellen würde und weil Esteban Angst vor mir hat. Zuerst stieg der Vater aus dem Wagen, und ich ging zu ihm hin. Ich sagte »Hallo«, und er sagte »Hallo« und betrachtete das, was an der Wand stand. Ich sagte nichts mehr und sah der Frau zu, die jetzt auch aus dem Auto stieg. »Hallo«, sagte ich zu ihr, »das ganze Dorf ist hier, um euch anzusehen.« »Kümmert euch nicht um das, was da steht, die Leute hier sind Esel, und weil sie nicht denken, tun sie so etwas«, fügte Esteban hinzu.

Die blonde Frau lachte, aber ihr Lachen war anders, es war ein Lachen, wie man es bei uns im Dorf kaum kannte, ein verhaltenes, wohlerzogenes Lachen, und es passte nicht hierher, wo wir anders erzogen sind. »Lach ruhig mit offenem Mund, wenn du willst, hier zeigen wir beim Lachen die Zähne«, sagte ich. Und der Vater nahm den Jungen, der nicht aufhörte zu weinen, auf den Arm. »Vielen Dank für den Empfang«, sagte er zu mir. Und bevor sie im Haus verschwanden, sagte ich noch, ich wäre die Kleine Lea, die Große Lea wäre meine Mutter und die würde gleich vorbeikommen und ihnen einen Korb bringen, weil sie die Besitzerin des Dorfladens ist. Und dann fingen alle, die zugesehen hatten, an, ihre Namen zu sagen. Ich bin Marga von der Apotheke in Pueblo Grande. Ich bin Juana, die Schwester von Julito, aber jetzt bin ich nur noch Juana. Ich bin Marcela, und das hier ist Adolfo, und uns gehören die Tudanco-Rinder, die oben am Fluss weiden. Catalina trat vor und sagte: Ich bin Catalina und versorge die Hühner auf der Hühnerfarm der Jorge-Brüder, und dabei blies sie die Backen auf, bis sie so hart wie Haselnüsse und so rot wie der Himmel um sieben Uhr abends waren. Und Esteban sagte: Ich bin Esteban, und sonst nichts, denn er hätte nichts weiter sagen können als, ich bin Esteban, der furchtsamste Mann der Welt, denn so nannten wir ihn im Dorf, oder er hätte sagen können, ich bin Esteban, der Leas Hündin getötet hat, aber er sagte nur seinen Namen. Ich bin Pater Antón von der Kirche, der, der sonntags die Messe liest und die Glocken läutet. Ich sah Antón nicht an, denn ich weiß ja nicht, wie es Ihnen geht, aber ich will von Gott nichts wissen. Manchmal, wenn er mir im Dorf begegnet, ruft er: »Wohin ist denn die Kleine Lea unterwegs, die sich so selten in meiner Kirche blicken lässt?« Und dann preist er mir seine Veranstaltungen für die Jugend an. Ich antworte ihm oft: »Antón, Antón« – ich weigere mich nämlich, ihn Pater zu nennen, das klingt wie Vater, und einen Vater habe ich schon, und er ist nur der Vater seiner Schäfchen – »Reden ist Silber und Schweigen ist Gold, und ich bin hässlich, wenn ich schweige, aber dir steht ein geschlossener Schnabel am besten.«

Da lacht der Herr wieder.

Dann holten die Neuankömmlinge ihr ganzes Gepäck aus dem Auto und verschwanden im Haus, ohne zu sagen, wie sie heißen. Die Dorfbewohner ließen sich rund um das Haus nieder und sahen ihnen zu, wie sie die Fenster öffneten und auslüfteten. Catalina setzte sich auch zu den Alten. Ich drehte mich um und ging direkt nach Hause, und während meine Eingeweide brannten, sagte ich immer wieder zwei Sätze vor mich hin. Der erste war: Ich möchte wissen, wer sie nicht mehr liebt. Und der zweite: Ich muss raus aus diesem Dorf. Eins: Ich möchte wissen, wer sie nicht mehr liebt. Und zwei: Ich muss raus aus diesem Dorf.

WEIL ICH MICH VERLAUFEN HATTE, SIND WIR UNS BEGEGNET

Javier ist kein Mann großer Worte. Was er sagen will, sagt er auf andere Weise. Wenn er mir sagen muss, was er fühlt, denkt er vorher lange darüber nach. Ich mag Javier, aber Javier hat Angst vor mir. Denn wenn er ein Erdbeerbaum ist, fast so klein wie ein Strauch, dann bin ich ein Mammutbaum. Ich bin die höchste Konifere, die es gibt, ein Baum, der niemals bricht und gut riecht, denn auch wenn ich mich mit Gerüchen nicht auskenne, stelle ich mir vor, dass ich rieche wie ein Mammutbaum, ein kräftiger, aber sanfter Sprössling. Ich bin also dieser Baum, und ich glaube, für Javier war ich immer zu groß, und obwohl er mich ein bisschen mag und wir uns schon geküsst haben, traut er sich nicht, mich zu lieben, mich so zu begehren, wie ich ihn begehren möchte.

Wissen Sie, Señor, mich hat noch nie jemand auf diese Weise geliebt. Ich meine, so, wie sich Liebespaare lieben und begehren. Das würde ich gerne zusammen mit Javier kennenlernen, weil Javier mir gefällt, er gefällt mir, seit er kurz nach meiner Geburt an mir geschnuppert hat. Es ist seltsam, denn irgendetwas treibt uns zueinander hin, und eigentlich machen wir alles, was normale Liebespaare so machen, aber wenn ich ihm sage: »Ich mag dich, Javier«, dann sagt er nichts. Weil Javier ein Mann ist, der das, was er sagen will, auf andere Weise sagt. Wie die Wölfe, wissen Sie, wie das bei den Wölfen ist, Señor? Wenn die jemanden töten wollen, dann sagen sie zuerst, was sie vorhaben, und töten dann. Sie sagen es, indem sie die Zähne fletschen. Und dann töten sie. Oder beißen so zu, dass eine Narbe bleibt. Und Javier ist wie ein Wolf, erst zeigt er mir die Zähne, dann sucht er die Stelle, an der ich weich bin, und beißt zu. Javier sagt nämlich erst was, wenn seine Wunde schon brennt. Einmal hat er mich anders angesehen als sonst, und ich wusste, dass er mir etwas sagen wollte. »Was ist los, Javier?«, fragte ich, wieder und wieder, denn wenn er nicht redet, höre ich nicht auf zu fragen. Er fuhr sich hinter den geschlossenen Lippen mit der Zunge über die Zähne. Und als er meinen weichen Blick bemerkte, biss er zu. Er erzählte mir, dass er nachts seinen Vater sehen würde. Seinen Vater, der schon gestorben war, Señor, und den er nie gemocht hatte, weil er nicht sein richtiger Vater war. Ich weiß nicht, ob Sie an sowas glauben, aber in kleinen Dörfern wie unserem glaubt man an sowas, weil es zu viele Geräusche gibt, die sich sonst nicht erklären lassen, und deshalb erzählt man sich hier im Dorf, dass diejenigen, die im Wald verschwunden sind, uns zusehen, wenn wir schlafen.

Der Herr sieht mich an, als wüsste er, wie es in kleinen Dörfern zugeht.

»Was redest du denn da, Javier!«, rief ich, und dann brach es aus mir heraus, und ich lachte, wie ich immer lache, so laut, dass es bis ins Unterdorf zu hören war, bis zu den Häusern, die bei Hochwasser immer überschwemmt werden. »Doch, doch, es stimmt, ich sehe den Mann, der mein Vater war, und ich spreche ihn nicht an, weil ich Angst habe, dass er sonst niemals wieder weggeht«, erzählte er mir. Und einen Tag, nachdem er das erzählt hatte, tauchte plötzlich eine Ziege in seinem Haus auf. Und Javier ist davon überzeugt, dass diese Ziege sein Vater ist, der gekommen ist, um nach ihm zu sehen. Sein Vater, den er nie geliebt hat. Sein Vater, der gar nicht sein Vater war, ist jetzt hierher zurückgekommen, ans Ende der Welt, in der Hoffnung, dass sein Sohn, der gar nicht sein Sohn war, ihn in Gestalt einer Ziege mehr liebt. Und die Ziege, die schon alt war, als sie hier aufgetaucht ist, steht jetzt bei uns zu Haus im Hof, neben den Hühnern, weil Javier sagte, in seinem kleinen Haus wäre kein Platz für eine Ziege, und fügt sich still in ihr Schicksal. Manchmal streichele ich sie, aber wenn man eine Ziege zu oft anfasst, bleibt ihr Gestank für immer an einem hängen, wussten Sie das? Nach einiger Zeit habe ich Javier dann gefragt, ob er seinen Vater immer noch sieht, und er hat gesagt, nein, jetzt nicht mehr.

Warum ich Ihnen das erzähle? Weil ich will, dass sie mich anlügen, auch wenn Sie nicht an Geister oder an umherirrende Tote glauben. Darum habe ich noch nie jemanden gebeten, aber jetzt hätte ich gerne, dass Sie mich anlügen und mir sagen, dass es stimmt, dass die Menschen nach ihrem Tod noch umherwandern. Wenn ich fertig bin mit dem, was ich Ihnen jetzt erzählen werde, will ich, dass Sie mir diese Lüge erzählen. Werden Sie das tun?

Der Herr sieht mich an, und in seinem Blick liegt eine Mischung aus Rührung und etwas, das ich nicht erklären kann. Ich sehe ihn an und weiß, dass ich vielleicht zu viel von ihm verlange.

Ich habe ihnen ja schon erzählt, dass ich den Steinpfad hinunter nach Hause ging und darüber nachdachte, dass ich weggehen wollte, als es zwölf Uhr mittags schlug und die Glocken die Schweigeminute für das Ende der Welt ankündigten. Das Gemurmel der Dorfbewohner, die um Jimenas Haus herumstanden und schwatzten, verstummte, und es war nichts weiter zu hören als das Klappern meiner

Absätze auf den Steinen. Und kurz bevor das Gemurmel wieder anfing, bellte der Hund meiner Nachbarin los, und ich hörte das Trappeln seiner Pfoten, das immer näher kam. Ich runzelte die Stirn und dachte, dass Nora bestimmt wieder die Windeln voll hatte. Aber der Hund kam mir auf halbem Weg entgegen und bellte laut, so laut, Señor, dass es mir in den Ohren wehtat. »Sei still, Hund, sei still, ich komme ja schon.« Aber ich bin schlau, und mein Gespür trifft wie ein Pfeil immer ins Schwarze, und so rannte ich los zum Haus meiner Eltern, und die Meter kamen mir vor wie Kilometer.

Plötzlich hielten mich Marcos Arme auf, Señor. Er packte mich so fest, dass ich keine Luft mehr bekam, und sagte: »Geh nicht hin, Lea.« »Was redest du denn da, Marco? Lass mich los!« »Geh nicht hin, Lea.« »Marco, ich kriege keine Luft. Lass mich los, Marco. Ich kriege keine Luft.« Und ich fing an, zu zappeln, und Marcos Körper umklammerte meinen Körper so fest, dass ich mich fühlte wie von Stahlbeton umschlossen. »Er ist tot, er ist tot, er ist tot.« Und Marco ließ mich nicht los und packte meinen Kopf. Ich sagte ihm, dass ich ihn hasse und dass er mich sofort loslassen soll, weil ich ersticke. Und Marco sagte nein, nein, nein, und der Hund der Nachbarin bellte. Und weil ich zu einem wilden Bären werde, wenn man mich angreift, biss ich Marco in den Arm, so oft, dass ich Blut schmeckte, als er mich losließ und ich meinen Vater mit zerschmettertem Schädel vor seinem eigenen Haus liegen sah.

Ich kenne den Tod gut genug, Señor. Und die Trauer auch. Doch, doch, Señor, der Tod ist nichts weiter als ein paar Tage voller Tränen. Aber er ist auch, das können Sie nicht leugnen, ein ganz eigenes Ende der Welt, eine kurze

Explosion, die alles durcheinanderwirbelt, so dass man nur weglaufen will.

Javier sagt, man hätte mich bis nach Pueblo Grande schreien hören. Und Catalina sagt, als sie mein Geschrei gehört hätte, hätte die Narbe an ihrem Bein so weh getan, als wäre die Wunde nie verheilt. Ich weiß es nicht. Das gehört nicht zu den Dingen, die ich weiß. Meine Mutter war schon fast beim Haus der Fremden angekommen, und als sie mich schreien hörte, ließ sie den Korb fallen, und die Äpfel rollten über den Platz, und die Schokolade klebte am Boden, und die Eier, ach, die Eier ... die lagen alle zerbrochen auf den Steinen. Catalina rief meiner Mutter zu: »Warte, Große Lea! Warte auf mich!« Und weder sie noch meine Mutter bemerkten, dass Esteban sich vor Schreck mit seiner Flinte in den linken Fuß geschossen hatte und ein granatrotes Rinnsal aus Blut die grünen Äpfel färbte, die überall auf dem Platz verstreut lagen.

Sehen Sie mich nicht an, Señor, sehen Sie mich nicht so an.

Von anderen Dingen verstand mein Vater vielleicht nichts, aber von Liebe verstand er sehr viel, das können Sie mir glauben. Als ich klein war, nahm er mich mit zum Fluss und hielt mich fest, damit ich auf den feuchten moosigen Steinen nicht ausrutschte. Er suchte meine Hände nach Splittern ab. Dann trug er mich bis nach Hause, und wenn Marco oder Catalina oder Javier dabei waren, durften die auch auf seinem Rücken reiten. Denn mein Vater war ein Pferd, auch wenn sie ihn immer behandelt haben wie ein Esel.

Als ich meinen Vater tot daliegen sah, musste ich daran denken, dass ich mir immer eines der Kaninchen aussuchen durfte die er im Hof hielt. Das nahm er dann heraus, und es lebte nicht weiter bei den anderen, sondern ich durfte mit ihm spielen und es streicheln und ihm einen Namen geben. Die anderen Kaninchen schlachtete er nach und nach. Zuerst fütterte er sie, und dann fütterte er seine Familie mit ihnen. Und immer bereute ich meine Wahl, weil ich immer die retten wollte, denen er das Fell über die Ohren zog.

Der Herr sieht mich mit ernster Miene an, wie man jemanden ansieht, wenn man merkt, dass er Kummer hat.

Also jedenfalls musste ich, als ich meinen Vater da auf dem Boden liegen sah, an die Kaninchen denken, die Glück gehabt hatten. Deren Gesicht war immer ganz spitz geworden, wenn sie zuletzt an Altersschwäche starben. Und mein toter Vater sah genau so aus, – bis auf die offene Wunde an seiner Stirn, weil mein Vater nämlich beim Versuch, ein Kaninchen zu fangen, auf dem Gut der Dolores einen Steilhang hinuntergestürzt war. Marco hatte ihn aufgehoben und auf dem Rücken nach oben geschleppt – Marco ist immer Esel gewesen, nie Pferd – und ihn dann zu uns nach Hause gebracht. Als ich aufhörte zu schreien, war nur noch Noras Zähneknirschen zu hören.

Der Herr sieht mich an, und ich sehe den Herrn an. Ich habe es Ihnen ja gesagt, Señor, dass ich eine Geschichte habe. Und der Herr sieht den Wald an.

Die Totenwache für meinen Vater wurde noch am selben Nachmittag bei uns zu Hause abgehalten, und die Dolores kümmerten sich um den ganzen Papierkram. Sie gaben sich Mühe, freundlich zu sein, damit wir den Mund hielten und nicht über die Arbeitsbedingungen auf ihren Ländereien redeten. Ich wünschte, ich würde mich mit diesen Dingen auskennen, aber ich weiß nichts von Arbeitskampf und Ausbeutung, meine Mutter nicht und

Marco auch nicht und erst recht keine von diesen Nieten, die um unser Haus herumsaßen und meinen Vater beweinten. Das ganze Dorf hatte nämlich aufgehört, den Neuen in Jimenas Haus zuzusehen, und alle hatten ihre Stühle rund um meinen toten Vater aufgestellt. Catalina weinte so sehr, dass der ganze Küchenfußboden nass wurde, und sagte zu mir, dieses Unglück, dieses ganze Unglück wäre bloß ein neuer Beweis für das Ende der Welt, und obwohl ich mich ganz taub fühlte und gar nichts sagen konnte, sagte ich schließlich, ja, das ist das Ende der Welt, und sie umarmte mich so fest, wie man ich weiß nicht wen umarmt. Im Hof suchte ich unter den lebenden Kaninchen nach dem Gesicht meines Vaters und dachte dabei, nein, nein, nein, auch wenn mein Vater heute stirbt, geht für uns morgen das Leben weiter. Um mich selbst zu überzeugen, Señor. Und unter den Kaninchen war mein Vater nicht.

Ich glaube, Señor, das Ende der Welt ist, wenn man begreift, dass die Zeit den Sinn verloren hat, den sie vorher für uns hatte. So ging es mir jedenfalls, während ich die Totenwache für meinen Vater hielt. Für meinen Vater, der wenige Stunden zuvor noch gelebt und auf Ländereien gearbeitet hatte, die er kaufen wollte. Ich fühlte, wie in diesem Haus Vergangenheit, Gegenwart und Zukunft nebeneinander existierten, mitten unter den Leuten und Kaninchen, die die leere Hülle umringten, die bis vor wenigen Stunden noch mein Vater gewesen war. Und ich dachte, dass meine Eingeweide brannten, weil die Zeit ihren Sinn verloren hatte. Wenn die Zeit stehenbleibt, ist das ein Zeichen dafür, dass die Welt stirbt, Señor.

»Schaff deine Schwester hier weg, ich ertrage ihr Zähneknirschen nicht«, sagte meine Mutter zu mir. »Mama, das Schwarz steht dir sehr gut.« Ihre Miene blieb ganz ruhig, aber sie sagte: »Meine Kleine Lea, jetzt sind wir ganz allein.« Und meine Eingeweide, Sie können sich gar nicht vorstellen, Señor, wie die brannten. Ich fühlte, dass ich das Kaninchen war, das meine Mutter ausgesucht hatte, um es zu retten. Ich bat Marco, meine Schwester in den Rollstuhl zu setzen und draußen mit ihr auf mich zu warten. Dann kauerte ich mich hin, sah den Kaninchen, einem nach dem anderen, in die Augen, und entriegelte ihren Käfig. »Was machst du denn da, Lea? Die Kaninchen werden im ganzen Haus herumlaufen«, sagte Catalina, und ich sagte ihr, dass diese Tiere im Grunde mehr Recht dazu hatten, die Totenwache für meinen Vater zu halten, als die ganzen langweiligen Nachbarn. Als ich klein war, sagte mein Vater mir immer ein Kinderlied auf: *In einem Wald in China ging die kleine Chinesin verloren, und weil ich mich verlaufen hatte, sind wir uns begegnet.* Er sagte es, wenn er mich zu Bett brachte oder mir das Frühstück machte. Und manchmal wartete er an der Schulbushaltestelle auf mich und begrüßte mich mit diesem Lied. Dann wurde ich größer, und mein Vater brachte mir bei, dass man dem Tod unbekümmert entgegensieht, wenn man das Feld pflügt, wenn man der Unermesslichkeit des Landes gegenübersteht. Das Leben ist so wunderbar, sagte er, dass dich die Erde, die Berge, der Wald oder die Felder jederzeit verschlucken können. Und dann tötete mein Vater der Boden, über den er ging, das Land vertilgte ihn wie er seine Kaninchen. Mein Vater war ein guter Mensch, der immer davon träumte, sein Land zurückzubekommen. Denn das Land, das er sein Leben lang bearbeitete, gehörte ihm, seiner Familie, aber er verkaufte es an die Dolores, um meiner Schwester einen Rollstuhl zu kaufen. Mein Vater brachte mir bei, dass wir zwar Mangel leiden, aber nicht zu dem Teil der Welt gehören, der weinen muss. Deshalb weint man bei uns zu Hause in sein Kopfkissen. Und stellen Sie sich vor, wie mein Vater war: Eines Tages nahm er meine Hand und sagte: »Sollte ich zu früh sterben, schenke ich dir all die Jahre, die ich nicht gelebt habe.« Und was jetzt, Papa, was jetzt, denke ich die ganze Zeit.

Marco und Catalina saßen mit mir auf der Bank gegenüber der Kirche und rollten einen Joint, als ich meine Schwester ansah und zu ihr sagte: »Nora, ich finde, wenn schon jemand gehen musste, hättest du gehen sollen«, und Catalina sagte »Lea, du bist wirklich gemein«, und Marco wiederholte: »Lea, dein Problem ist, dass du zu wenig weinst.« Aber ich bin jemand, der die Dinge beim Namen nennt, und wenn Nora vom Leben wenig versteht, ist es vielleicht besser, wenn man es ihr vorgekaut serviert. »Nora«, sagte ich also, »Papa ist fort und kommt nicht wieder, und als er dir heute Morgen gesagt hat, wenn er zurückkäme, würde er ein Lied für dich singen – mein Vater sang immer für sie *Als das Schiff vorbeifuhr, sprach der Schiffer zu mir* –, hat er gelogen, denn er kommt nicht zurück.« Nora, die mehr verstand, als es schien, riss den Mund auf, und ich dachte, sie würde schreien, aber sie starrte mich einfach nur mit herunterhängendem Kiefer an. »Es tut mir leid, Nora, wirklich.« Und dann grub ich meine Fingernägel in ihren Unterarm, und der Hund der Nachbarin, der bei uns war, bellte mich wie verrückt an, weil er wohl dachte, ich würde sie angreifen, aber ich grub meine Nägel in meine Schwester, weil Nora weinen musste und meine Schwester nicht weint, wenn jemand tot oder weggegangen ist. Und dann kamen ihre Tränen fast von alleine, so wie an dem Sonntag im Sommer, als Esteban unsere Hündin getötet hatte.

Einen Moment lang sage ich nichts, und der Herr versichert mir hastig: »Ja, die, die gehen, bleiben.« Danke, Señor, aber ich brauche Ihre Worte noch nicht. Und der Herr blickt zu Boden und ich erzähle weiter.

Javier bewegt sich so langsam, wie große Menschen das tun, und braucht für alles immer sehr lange. Ich dagegen bin immer im Laufschritt unterwegs. Als ich klein war, riefen die Nachbarn mir hinterher, wenn sie mich durchs Dorf laufen sahen: »Seht nur die fliegende Gazelle! Die fliegende Gazelle!«, und das sagten sie, weil ich immer rannte. Wenn ich Catalina besuchte, rannte ich durch die Felder, weil das Grün viel schöner ist, wenn man hindurchläuft. Ständig kam ich mit zerkratzten Beinen nach Hause, und dann steckte meine Mutter mich ins Bad, wusch mich und rieb mich mit Wasserstoffperoxid ab. Und auch wenn es brannte, sagte ich nichts, weil meine Mutter mich so sanft und bedächtig verarztete. Von ihren zwei Töchtern bin ich ihr Liebling, ich bin die Gesunde, ich bin die mit einer Zukunft, verstehen Sie? Und deshalb ging meine Mutter, wenn sie mich verarztete, so vorsichtig mit mir um, als wäre ich eine Porzellanvase, und erzählte mir dabei, wie sie sich die Blumen vorstellte, die tief in dem Wald wuchsen, den wir nicht durchqueren dürfen. Sie sagte, dass die Lilien so langsam wachsen, weil sie behäbig sind wie die Schnecken, und dass die Fuchsien immer zu Boden schauen, weil sie sich fragen, wieso ihr Stängel immer länger wird und sie von der Erde entfernt. Ich war wie verzaubert vom gemächlichen Rhythmus meiner Mutter bei allem, was sie sagte und tat. Und diesen Rhythmus meiner Mutter erkenne ich in Javier wieder, wenn er geht.

Oder wenn er Holz schnitzt, denn Javier schnitzt, seit er ein kleiner Junge war. Sein Vater, der nicht sein Vater war und jetzt eine Ziege ist, hat es ihm beigebracht. Deshalb schnitzt er feine Muster in die Tischkanten und verziert die Möbel mit endlosen Spiralen, für die er Tage braucht. Javiers kleines Haus hat die schönsten Möbel im Dorf, das sagen alle. Und wenn ich ihm manchmal dabei zusehe, wie er mit einer Geduld schnitzt, die ich nie hatte, dann berührt mich das so sehr, Señor, wie wenn ich das Lied höre, in dem es heißt *Meine Seele ist allein, immer allein.*

In diesem Dorf stirbt nur alle Jubeljahre jemand, Señor, und deshalb weiß ich nichts von Trauer oder von Menschen, die auf einmal nicht mehr da sind. Wenn jemand stirbt, läutet Antón die Glocken außerhalb der üblichen Zeiten, damit jeder weiß, dass der, der im Sterben lag, jetzt tot ist. Dann wird es am Schwarzen Brett der Kirche ausgehängt. Unsere Kirche ist völlig reizlos. Die Kirche von Pueblo Grande ist riesig und wunderschön, und selbst, wenn man an nichts glaubt, geht man gerne hin, weil ihr Anblick einen berührt, im Gegensatz zu unserer Kirche, die klein und dunkel wie der Wald ist, und bei deren Anblick man sich am liebsten umdrehen und weglaufen würde. Wenn hier jemand stirbt, kommen dieselben wie immer, es weinen dieselben wie immer, und bestenfalls kommt noch ein Verwandter von außerhalb. In diesem Dorf ist seit drei Jahren, seit Jimenas Tod, Marco der Totengräber, und zu seinen Aufgaben gehört es auch, Platz in den Grabnischen zu schaffen, denn auch wenn hier nur wenige sterben, Señor, haben wir doch schon viele Tote begraben. Javier ist für die Särge zuständig. Und Marco hat noch eine andere Aufgabe: Er kümmert sich um das Namensfeld. Ich weiß nicht, wer sich diese Bezeichnung ausgedacht hat, aber sie ist ganz bestimmt das Lächerlichste, was ich je gehört habe, weil es an diesem Ort eben gerade keine Namen gibt.

Sehen Sie, Señor, sage ich zu dem Herrn, wenn Sie nicht auf mich gehört hätten und in den Wald gelaufen wären, wären Sie auf dem Namensfeld gelandet. Das Namensfeld ist das Stück Land am hintersten Ende des Friedhofs, und es ist allen gewidmet, die in den Landas verloren gehen. Für jeden Verschwundenen wird ein Holzpfahl in den Boden gerammt, und bis jetzt ist die Reihe ungeordneter Pfähle schon fast fünfhundert Meter lang. Antón zählt sie, und wenn es eine Beerdigung gibt, nutzt er die Gelegenheit, um auch die Pflöcke für diejenigen einschlagen zu lassen, die seit dem letzten Todesfall verschwunden sind. Ich erinnere mich noch, wie bei Jimenas Beerdigung, der letzten vor dem Tod meines Vaters, zehn Pflöcke eingeschlagen wurden, weil ein Jahr zuvor ein ganzer Trupp Bergsteiger aus der Stadt mit Meer verschwunden war. Das Namensfeld soll uns daran erinnern, dass es an diesem Ort eine Leere gibt, aber dass wir hier im Dorf nicht vergessen.

Mir tat es leid, dass Marco meinen Vater beerdigte, aber es gab niemanden, der es besser hätte machen können als er. Außerdem hatten wir sowieso keine Wahl. Was mich schmerzte wie eine Falle die Ratte, war, dass der Sarg meines Vaters schmucklos in die Erde ging, weil Javier sich weigerte, ihn zu verzieren. Ja, Señor, er weigerte sich, er sagte, es tue ihm in der Seele weh, in den Sarg von jemandem zu schnitzen, den er so sehr geliebt hatte. »Meine Seele tut viel mehr weh als die von irgendwem sonst«, sagte ich zu Javier. Aber ich habe Ihnen ja schon erzählt, dass Javier kein Mann großer Worte ist, deshalb sagte er nichts dazu, und mein Vater kam ohne Schnitzerei in die Grube, die Marco für ihn ausgehoben hatte.

Hier bei uns sind die Beerdigungen immer noch wie früher, Señor, ich weiß nicht, wie es da ist, wo Sie herkommen, aber bei uns gibt es keine modernen Rituale. Erst recht nicht jetzt, wo das Ende der Welt bevorsteht. Hier wird im Jahr 2012 der Tote noch durch die Straßen getragen, und die trauernden Verwandten folgen ihm. Während der anschließenden Totenwache spricht erst Antón und dann der Bürgermeister. Aber bei der Beerdigung meines Vaters war der Bürgermeister nicht dabei. Ich bin mir sicher, dass er nicht kam, weil er Angst vor mir hat. Weil er weiß, dass ich nicht mal dann den Mund halte, wenn der Tote mein Vater ist. Hätte er sich blicken lassen, hätte ich mich vor ihn hingestellt und ihn einen Lügner geschimpft oder gesagt: »Wer die Schafe anführt, ist nichts weiter als ein Hammel.« Und dann wäre er vor Scham so rot geworden, dass er die versprochene Ambulanz doch hätte einrichten müssen. Aber als mein Vater starb, kam weder der Bürgermeister noch seine Frau noch eines seiner sechs Kinder.

Während des Trauerzugs schob ich Noras Rollstuhl. Als wir an Jimenas Haus vorbeikamen, berührte mich die Hand des Fremden am Arm, und ich blieb stocksteif stehen, weil das Brennen in meinem Magen wieder da war, die Lust, fortzugehen. Und ich hatte wieder die Augen einer Dörflerin, war mehr Dörflerin denn je, Señor. Ich sagte nichts, aber er fragte mich gleich, was denn los wäre, wer der Tote wäre und warum wir ihn durchs Dorf trugen. »Mein Vater ist einen Steilhang hinabgestürzt, als er einem Kaninchen hinterherlief«, sagte ich. Er sah überrascht aus, vielleicht weil ihm nicht in den Kopf wollte, wie jemand sterben konnte, weil er einen Steilhang hinabstürzte, oder vielleicht dachte er auch: *Was für ein schlechtes Omen, dass unser Umzug mit einer Beerdigung zusammenfällt.* Ich erklärte ihm, dass wir alle auf dem Weg zum Friedhof waren und dass man hier die Toten vorher durchs Dorf trägt. Er wünschte mir halbherzig Beileid, und bevor ich Noras Stuhl weiterschob, drehte ich mich noch einmal zu ihm um und sagte: In diesem Dorf passiert alles paarweise: Wenn ein Kind geboren wird, kommt kurz darauf ein zweites zur Welt, wenn jemand sich im Wald verliert, taucht kurz darauf ein herrenloser Hund auf, wenn eine Kuh sich seltsam verhält, ist das Ende der Welt nah, und wenn Fremde ankommen, stirbt mein Vater.« Dann schob ich Noras Stuhl weiter, und die Hitze – sie war meine Großmutter Jimena, die meinen Magen mit Flammen füllte, sie war mein toter Vater, der zu mir sagte »Verlass dieses Dorf«, sie war mein Ende der Welt – war verschwunden, so wie im Sommer die Kälte verschwindet.

Weil meine Familie keine Grabnische und auch sonst nichts hat, hatte Marco eine Grube ausgehoben. Antón fing an zu reden, und ich ließ meine Mutter, die sich einen Schleier vors Gesicht gezogen hatte, nicht aus den Augen. Ich sah sie an, weil ich sie noch nie so bekümmert gesehen hatte wie in diesem Augenblick. Und ich habe Ihnen ja schon gesagt, dass ich von Trauer wenig verstehe, Señor, sehr, sehr wenig. Ob sie wohl jemals wieder singt?, fragte ich mich. Aber ich betrachtete sie aufmerksam, weil sie mich an die Holzfigur der Muttergottes erinnerte, die in der Kirche steht. Und deren Gesicht hat mir immer Angst gemacht, Señor. Ich betrachtete meine Mutter, und sie erinnerte mich an das Profil der Heiligen Jungfrau und an ihre Tränen, die auch aus Holz sind und aussehen, als klebten sie an ihrem Gesicht fest. Als wir klein waren, erzählte Antón uns immer, wenn wir die Augen der Muttergottes berührten, würde uns das vor allem Unglück im Leben bewahren. Also strich Catalina immer darüber, und Marco und Javier auch. Aber ich habe ihre Augen nie berührt, aus Angst, sie würde sie zumachen und mein Finger würde im Auge der Muttergottes steckenbleiben.

Der Herr lacht, aber ich lächele nicht mal.

Wie ein Wasser ausläuft aus dem See, und wie ein Strom versiegt und vertrocknet, so ist ein Mensch, wenn er sich legt, und wird nicht aufstehen und wird nicht aufwachen, solange der Himmel bleibt, noch von seinem Schlaf erweckt werden, las Antón. Und glauben Sie mir, Señor, ich weiß nicht, was mir in diesem Augenblick einfiel, ich weiß es wirklich nicht. Aber ich lachte los, lauter, als Sie sich vorstellen können. Aus meinem tiefsten Inneren brach ein Gelächter hervor, das im ganzen Dorf widerhallte. Ich lachte und lachte, Señor. Und dann machte meine Schwester, die auch nicht weiß, wie man lacht, ein Geräusch, das wir bei uns zu Hause schon öfter gehört hatten. Weil nämlich meine Schwester, Señor, eine Zeitlang eine Art Knurren von sich gab, von dem ich mir immer vorstellte, dass es aus dem Hohlraum in ihrem Schädel kommt. Meine Schwester begann also zu knurren, und ich lachte. Alle wurden nervös, Marco hörte auf, meinen Vater in die Erde hinabzulassen, und als ich die ganzen Alten sah, die von Noras Geräusch verängstigt und verwirrt waren, musste ich noch mehr lachen, bis ich einen Lachkrampf hatte, einen von denen, bei denen einem die Tränen kommen und der Bauch vor lauter Anstrengung wehtut. Und meine Mutter, die in diesem Augenblick die Muttergottes war, warf mir einen bösen Blick zu, in dem ich den Satz las, den sie immer gesagt hatte, als wir noch klein waren, dieses »Ihr beide seid mir ja zwei schöne Lorbeerbäume«. Aber ich konnte nicht aufhören zu lachen, so sehr ich es auch versuchte, es ging einfach nicht, Señor, und ich merkte, dass meine Schwester auch nicht aufhören konnte zu knurren. Auch das ist der Tod, glaube ich, ein unkontrollierbares Lachen. Das ganz von selbst entsteht. Und dann sagte Antón laut, fast schreiend, »Sorgt dafür, dass sie aufhören!«, in diesem priesterlichen Tonfall, den er immer hat, diesem Ich-stehe-über-allem-Tonfall, diesem Ich-weiß-alles-und-ihr-wisst-nichts-Tonfall. Javier packte uns und nahm uns mit. Und was dann geschah, ließ mir das Lachen vergehen und das Brennen wiederkehren.

Javier und ich saßen auf einer Bank, ohne etwas zu sagen, ohne uns anzusehen, seine Hand auf meinem Bein, und neben uns saß Nora in ihrem Stuhl mit ihrem schlaffen Körper und ihrer Kinnlade, die herunterhing wie ein Eimer, der in einen Brunnen herabgelassen wird. Und dieses Bild, Señor, steht mir seitdem Nacht für Nacht vor Augen. Dabei ist es ein Bild, das mich mein Leben lang begleitet hat, es war die Zukunft, die ich geplant hatte, die ich mir immer vorgestellt und sogar ersehnt hatte. Viele Jahre meines Lebens habe ich mich danach gesehnt, dass Javier, der nicht viel mehr ist als ein Strauch, und ich, der starke Baum, endlich so nebeneinander sitzen, müde vom vielen »Ich mag dich«-Sagen, denn das, was ich in diesem Dorf über die Liebe gelernt habe, habe ich auch über das Leben gelernt, die Langlebigkeit der Gefühle. Aber in diesem Moment, in dem die Zeit ein Potpourri aus Gestern, Heute und Morgen war, weckte das Bild von uns beiden mit Nora wieder das Brennen in mir, und seitdem ist jedes Mal, wenn ich dieses Bild vor mir sehe, auch das

Brennen wieder da. Denn als wir da so auf der Bank saßen, wurde mir klar, dass diese beiden für mich das Ende der Welt waren, und dass diejenigen, die verkündeten, das Ende der Welt sei nah, die beiden meinten, die in einer seltsamen Ewigkeit neben mir saßen.

Ich sehe den Wald an und sage dem Herrn, dass jetzt der richtige Moment ist, es mir zu sagen. Jetzt müssen Sie es mir sagen. Lügen Sie mich an, Señor, sagen Sie mir, dass mein Vater hier immer noch umherwandert, dass die Toten bleiben und dass die Leere, die sie hinterlassen, nur ein Nebelschleier ist, der schnell vergeht. Und der Herr starrt immer noch auf den Boden, aber er sagt aus voller Überzeugung, ja, es stimmt, die Toten bleiben, und ich danke ihm. Die Welt, Señor, ist schon so oft gestorben, dass es mir inzwischen egal ist. Ich möchte gerne glauben, dass unser aller Leben irgendwann einmal einen Sprung bekommt. Ich möchte gerne glauben, dass eines Tages eine Ziege vor unserer Tür steht und dass diese Ziege mein Vater ist. Ich möchte glauben, dass ich eines Nachts in die Küche gehe, egal, wo ich dann bin, um mir ein Glas Wasser zu holen, und da sitzt mein Vater und sieht mich an. Ich möchte glauben, dass mein Vater meine Entscheidung, von hier wegzugehen, gutgeheißen hätte, weil er vor ein paar Jahren, als ich mit der Schule fertig war, einmal zu mir gesagt hat: »Lea, sieh zu, dass du hier rauskommst, so weit weg wie möglich.« Mein Vater glaubte an das Ende der Welt, und für ihn ist die Welt zu Ende. Und ich glaube, dass mein toter Vater vor der Haustür ein weiteres Zeichen dafür war, dass mein Leben nicht hier ist, nein, nein, nein.

SCHAFE

Der Herr und ich schweigen eine Weile. Ich biete ihm meinen Joint an, vielleicht möchte er ja jetzt rauchen, wo er sich daran gewöhnt hat, den Wald vor der Nase zu haben. Der Herr winkt ab, und ich zucke mit den Schultern. Sie müssen es wissen. Sicher liegt es daran, dass er seinen Hund vermisst, das merke ich, aber ich sage es nicht.

Ich habe schon alles vorbereitet, Señor. Morgen, am zweiten Januar dieses neuen Jahres, werde ich aufstehen und die Hühner füttern, aber nicht den Laden aufschließen, das macht später meine Mutter, erzähle ich dem Herrn. Ich werde mich von der Ziege und den Kaninchen verabschieden, die immer noch frei im Haus herumlaufen. Dann werde ich das Auto meines Vaters nehmen, ein Auto, das keiner mehr will, und meine Sachen hineinpacken, es sind nicht viele. Ich werde nach Pueblo Grande fahren, wo Javier um diese Uhrzeit schon sein wird, um die Bar aufzuschließen. Und ich werde Marcos Gras rauchen, weil das Gras mir hilft, den Wald nicht mehr zu sehen, und ich muss es schaffen, auch Javier nicht mehr zu sehen, damit ich ihm sagen kann, dass er mich nicht ansehen soll, er soll mich nicht ansehen, und dass die Liebe irgendwann erlischt, dass mein Glück anderswo ist, dass ich keinen Krieg anfangen will, weil Kriege einen immer verstümmeln und ich unversehrt bleiben möchte, dass ich keinen Krieg anfangen will, aber ersticke, erlösche, sterbe, wenn der Rest meines Lebens nur aus vier Straßen mit Dorfladen und

Kirche und sonst nichts besteht, und dass ich kein »Ich mag dich« mehr übrig habe, das ich ihm sagen könnte, dass auch Bäume vor Kummer sterben können und ich nicht sterben will, während ich darauf warte, dass er sich entschließt, mich zu lieben, dass Liebe etwas anderes ist, und das sage ich, ohne es zu wissen, weil ich meine Liebe noch mit niemandem geteilt habe und weil meine Lust, meine Lust, meine Lust nicht wie eine Traube in der Sonne vertrocknen soll, dass ich schon jemanden finde, der meine Lust haben will, wenn er sie nicht will, aber schade, Javier, werde ich ihm sagen, wirklich schade, dass du es nicht mit mir versuchen wolltest.

Dann werde ich zu Catalina auf der Hühnerfarm der Jorge-Brüder fahren und ihr den Umschlag mit dem Geld geben, das ich für sie gespart habe, damit sie sich das Bein operieren lässt, weil es das ist, was sie sich am meisten wünscht. Und anschließend steige ich ins Auto und fahre zu der Adresse, die Marco mir gegeben hat. Er ist der Einzige, der Bescheid weiß, er hilft mir bei der ganzen Sache. Weil Marco immer eine Schwäche für mich hatte, Señor. Wenn ich dann in der Stadt mit Meer angekommen bin, frage ich mich bis zu der Adresse durch, zu der ich fahren soll, und dort darf ich auf dem Fußboden eines Hauses schlafen. Das ist mir egal. Noch sind mir Annehmlichkeiten nicht wichtig. Marco hat alles organisiert.

Danach, Señor, können Tage, Wochen oder Monate vergehen.

Danach kann alles Mögliche kommen. Danach kommt das Leben, Señor, und es ist mir egal, wenn ich wie ein wildes Pferd bin. Danach kommt das Leben. Aber da habe ich das Ende der Welt schon hinter mir gelassen, verstehen Sie? Nein, das können Sie nicht verstehen. Ich denke nach,

Señor, ich käue meine Gedanken wieder. Im Grunde besitze ich nicht viel. Aber ich habe einen Schlafanzug und ein paar Fotos eingepackt, und meiner Mutter habe ich den Ehering meines Vaters gestohlen, Sie können sich nicht vorstellen, wie schwer es war, ihm den vom Finger zu ziehen. Ich habe ihn ihr gestohlen, um ihn als Andenken zu behalten, weil ich weiß, dass meine Mutter ihn garantiert irgendwann verlieren würde. Aber ich werde ihn nicht verlieren. Und ich habe das Pillendöschen mit Noras Milchzähnen eingesteckt. Das Döschen hat mal Jimena gehört, und nach ihrem Tod hat meine Mutter es an sich genommen. Auf diese Weise nehme ich ein bisschen was von meiner Großmutter und ein bisschen was von meiner Schwester mit. Was ich von meiner Mutter mitnehmen soll, weiß ich nicht, und von Javier auch nicht. Aber das ist egal, es ist sowieso besser, gar nichts mitzunehmen. In Dörfer wie unseres kann man nicht zurückkehren, wenn man einmal weggegangen ist, Señor.

Ich weiß ja nicht, wo Sie herkommen, aber von hier läuft man weg und kommt nicht wieder. Wir sind verflucht. Unser Fluch ist ein Wald, aus dem es keinen Ausweg gibt, und ein Bürgermeister, der an absurde Verschwörungen glaubt, aber unser größter Fluch ist das Grün der Landas. Die Leute hier bilden sich ein, dass der Wald tödlich ist, dass die Bäume töten, aber das liegt nur daran, dass sie nichts anderes kennen. Ich verrate Ihnen was, Señor, aber sagen Sie es nicht weiter: Ich glaube, dass diejenigen, die im Wald verschwinden, nicht sterben, sondern woanders hingelangen, dass sie den Stumpfsinn des Landlebens, der kleinen Dörfer überwinden. Dass sie finden, was sie suchen, und ihr vorheriges Leben hinter sich lassen. Deshalb sehen wir sie nie wieder. Aber natürlich ist vielleicht auch das der Tod, Señor.

Wenn ich weggehe, kann ich jedenfalls nicht zurückkommen, denken Sie nur daran, was mit Ana und Julio passiert ist. Ich will Ihnen ihre Geschichte erzählen, Señor. Als wir klein waren, Marco, Catalina, Javier und ich, haben die alten Leute sie uns erzählt, und am Schluss sagten sie immer: »Lieber das bekannte Übel, als das ungewisse Gute.« Diesen Spruch hört man ständig hier im Dorf. Jeder, der unsere Lebensweise hinterfragt, die Leute aus der Stadt mit Meer, die Leute aus Pueblo Grande, der Busfahrer, der zweimal pro Woche hier vorbeikommt, der Arzt – alle bekommen ihn zu hören. »Lieber das bekannte Übel, als das ungewisse Gute.« Und vielleicht stimmt das ja sogar, Señor, ich sage nicht, dass es nicht stimmt. Aber wenn ich weggehe, kann ich nicht zurückkommen, denn der Fluch dieses Dorfes ist nicht ein Wald, der die Unachtsamen verschlingt, sondern die Bosheit, die in einem wächst, wenn man den Wald zu lange ansieht.

Ana und Julio waren ein Ehepaar aus unserem Dorf, dessen Fenster, genau wie bei meinem Haus, alle auf den Wald hinaus gingen. Sie besaßen Land, aber nur wenig und von schlechter Qualität. Im Dorf waren sie beliebt, weil man hier bei uns jedem gut ist, bis man ihm böse ist. Eines Tages rief Julios Bruder an und sagte: »Komm zu uns, Julio, komm mit Ana in die Stadt, denn hier kannst du es zu was bringen, hier wird es dir gut gehen.« Und Ana sagte nein, nein, nein, bis sie schließlich ja sagte, weil sie genug hatte von all dem grünen Geäst. Also zogen sie, obwohl sie sich ihrer Sache nicht sicher waren, in die Stadt, um dort ihr Glück zu machen, wie es damals viele Leute taten. Ich rede nämlich von der Zeit, als die Menschen ihre

Dörfer verließen. Als sie aufbrachen, kam kein einziger Dorfbewohner, um sich von ihnen zu verabschieden, alle saßen zu Hause und murrten: »Schön dumm von den beiden, wegzugehen. Wo wird man sie mehr schätzen als hier, wo doch das, was sie wissen, anderswo nicht nützlich ist?« Nicht einer sagte ihnen Adieu, als sie ihr Haus verließen, niemand, niemand, niemand winkte ihnen mit einem weißen Taschentuch nach. In der Stadt lebten sie mehr schlecht als recht, Julios Bruder starb wenige Wochen nach ihrer Ankunft, und nach einem Monat ohne Arbeit und ohne Essen weinten sie dem Duft nach feuchtem Gras in der Morgendämmerung hinterher. Ana sagte Julio wieder und wieder: »Lass uns zurückgehen, lass uns bitte zurückgehen«, und Julio sagte nein, nein, nein, bis er schließlich ja sagte, und nach weniger als einem Jahr packten sie ihre Sachen und kamen zurück. Aber Sie ahnen nicht, was dann geschah, Señor. Als die Leute sie ankommen sahen, sagte jemand: »Ungeladener Gast ist eine Last«. Und die beiden, die so froh gewesen waren, wieder zu Hause zu sein, trafen auf ein leeres Dorf, das ihnen aus dem Weg ging.

Einmal sagte Ana zu Julio: »Ich glaube, ich rede zu leise, wenn ich auf dem Dorfplatz nach der Uhrzeit frage, antwortet mir keiner.« Und er sagte: »Und ich, Ana, wünsche den Leuten einen guten Tag, und sie sehen mich nicht mal an.« Und wenn sie sich zum Abendessen setzten, weinten sie, Señor, aus Einsamkeit und Bitternis. Es war nämlich so, Señor, dass alle im Dorf, ausnahmslos alle, sie wieder los sein wollten, was bilden die beiden sich eigentlich ein, hieß es, dass sie glauben, sie könnten einfach so zurückkommen. Sie könnten es kaum erwarten, dass sie gingen, auf Knien würden sie sie darum anflehen, versicherten sich die Nachbarn gegenseitig, wenn sie sich im Laden trafen, sie besuchten einander, nur um darüber zu reden, nur um ihrem Hass auf die beiden freien Lauf zu lassen, weil sie desertiert waren, weil sie weggegangen und dem Landleben den Rücken gekehrt hatten und obendrein wiedergekommen waren. Und der Hass, Señor, verbreitete sich bis nach Pueblo Grande, und auch da fingen sie an, über Ana und Julio zu reden, und es gibt Leute, die behaupten, der Groll auf sie wäre bis über die Pyrenäen und in die französischen Landas vorgedrungen, und von dort hätte er den Ärmelkanal überquert und sich bis in den Süden der britischen Insel verbreitet. Und dann heckten sie alle zusammen einen Plan aus, Señor. Eines Tages ging Ana Fleisch kaufen, und als sie unterwegs zwei Dorfbewohnern begegnete, sagte sie: »Ist der Wald dieses Jahr nicht schön grün?« »Welcher Wald, Señora?«, antworteten die beiden, »was sagen Sie denn da, wovon reden Sie.?« Und kurz darauf ging Julio in den Eisenwarenladen und sagte: »Ist der Wald nicht wunderbar anzusehen? So grün, dass man am Ende noch grüne Augen davon bekommt.« Und die Leute im Laden antworteten: »Was reden Sie denn da, hier gibt es doch gar keinen Wald!« Und mit der Zeit schafften es die Bewohner des Endes der Welt alle gemeinsam, Ana und Julio davon zu überzeugen, dass der Wald, den sie mit ihren eigenen Augen sahen, gar nicht existierte, und ihre Abendmahlzeiten wurden zu einer ständigen Debatte darüber, ob das, was sie beim Blick aus dem Fenster sahen, echt war. Zuletzt zweifelten sie so sehr an sich, dass der Wald für sie nicht länger existierte und sie statt der Landas nur ein kahles Feld sahen. Und an einem Sommertag gingen sie schließlich in den Wald hinein, überzeugt, sie würden über ein kahles Feld spazieren, und der Wald verschlang sie, als wären sie in den Krater eines Vulkans gesprungen. Niemand hielt sie auf, niemand hinderte sie daran, und als schließlich klar war, dass sie niemals wiederkommen würden, feierten die Dorfbewohner ein Fest, sie feierten, Señor! Sie schlachteten Kaninchen und suhlten sich in ihrem Hass wie die Schweine im Schlamm.

Und dann bemerkte ein Junge etwas. Ich denke immer, dass meine Familie von diesem Jungen abstammen muss, denn wenn ich dabei gewesen wäre, hätte ich das Gleiche getan. Als er sah, wie das ganze Dorf jubelte, wie stolz alle waren, wurde ihm plötzlich bewusst, dass die Leute aus Rache einen Krieg angezettelt hatten. Der Junge stieg auf einen Tisch und rief allen zu: »Merkt ihr denn nichts, ihr Schafe? Merkt ihr nicht, dass ihr die beiden aus reiner Niedertracht getötet habt? Passt bloß auf, ihr und eure Kinder, denn der Wald hat gegessen, ohne Hunger zu haben, und eines Tages werden alle Verschwundenen in unsere Häuser zurückkehren, und man wird uns in den Landas mit ihnen begraben.« Die Leute feierten weiter, weil sie dachten, dass er nur ein dummer Junge war, der Unfug redete, und wenn er ihnen noch länger auf die Nerven ginge, würden sie sich seiner entledigen, denn sie hatten gemerkt, wie einfach es war, zu töten, dass es genauso einfach war, wie auf einer Lüge zu beharren. Lieber das bekannte Übel als das ungewisse Gute.

Verstehen Sie, Señor? Verstehen Sie, dass man mich hier, in einem Dorf wie unserem, nicht mehr wiederhaben will, wenn ich weggehe? Ich hatte immer zu viel Angst vor dem Grün des Waldes, den Geräuschen des Waldes, dem Wald an sich. Der Wald, Señor, der Wald. Als Kind stellte ich mir immer vor, dass missgestaltete Tiere in ihm hausten, monströse Pferde mit Fischgesichtern oder spindeldürre Kühe mit Fuchsschwänzen. Und dass die Baumstämme sich immer mehr umeinanderschlangen, bis sie einem zuletzt den Weg versperrten.

WENN ICH DICH BETRACHTE, SEHE ICH

Der Herr holt sein Handy heraus, aber der Bildschirm bleibt dunkel. Ich würde Ihnen ja ein Ladegerät leihen, Señor, aber ich bin so chaotisch, dass ich nicht mehr weiß, wo meines ist. Immer muss ich mir eines von Javier oder Marco leihen. Sie vermissen Ihren Hund.

Ich weiß nicht, wie es ist, jemanden zu vermissen. Damit will ich sagen, dass ich nur weiß, wie es ist, die Toten zu vermissen, erkläre ich dem Herrn, aber nicht die Lebenden. Ich weiß nicht, was oder wo man das fühlen soll. Weil meine Liebe groß ist, aber nicht weit reicht. Als wäre ich Estebans Flinte, die einen langen Lauf, aber keine große Reichweite hat. Genau so bin ich auch, das, was ich liebe, ist nah bei mir und bewegt sich nicht. Nur manchmal habe ich mir gewünscht, dass meine Schwester so wäre wie ich. Dass sie so alt wäre, wie sie ist, aber ihr Kopf normal wäre und kein Hohlschädel. An ihr habe ich tatsächlich etwas vermisst, aber etwas, das ich nicht ändern kann. Und ich glaube, etwas vermissen ist ein bisschen wie sich zu wünschen, etwas wäre anders. Glauben Sie nicht? Sie vermissen jetzt gerade Ihren Hund, aber nur deshalb, weil sie sich wünschen, dass Ihr Hund sich nicht verlaufen hätte. Verstehen Sie? Ich habe jedenfalls in meinem Leben bis jetzt nur wenig *vermisst*. Deshalb fürchte ich mich auch vor morgen. Vielleicht ist das Gefühl so groß, dass ich es nicht ertragen kann. Oder vielleicht ist es wirklich das Ende der Welt, nicht ein Brennen in den Eingeweiden oder der Tod eines Vaters oder ein Bild, das man nicht ansehen mag. Ich weiß es nicht. Aber auf jeden Fall fürchte ich mich davor. Ich fürchte mich davor, etwas zu vermissen.

Glauben Sie nicht, dass Liebe in Wirklichkeit nicht entsteht, weil man sich mag, sondern weil die Umstände sich so ergeben? Der Herr wird rot und wendet den Blick ab, um den Wald anzusehen.

Keine Angst, Señor, ich sagte Ihnen ja schon, wenn sie den Kopf an meine Schulter lehnen, würde ich Ihr Gesicht nicht streicheln, denn ich mag fröhliche Menschen und keine traurigen, und Sie sehen aus wie ein trauriger Mann. Nein. Verstehen Sie mich nicht falsch. Ich sage nur, dass Liebe nicht das gleiche ist, wie jemanden zu mögen. Dass nicht das Mögen entscheidend ist, sondern die Umstände, die Situation. Ich käue schon wieder meine Gedanken wieder, Señor, verzeihen Sie.

Eine Zeit lang konnte meine Schwester laufen. Sie lief, als ich klein war, so etwa mit fünf, sechs, sieben Jahren. Also, so richtig lief sie eigentlich nicht, Señor, sondern wenn meine Eltern sie aufstellten und zogen, reagierten ihre Füße, und sie setzte einen vor den anderen. Und nachdem sie mit ihr spazieren gegangen waren, kam meine Mutter immer nach Hause und sagte: »Mein Gott, wie groß mir dieses Dorf geworden ist.« Weil sie so langsam gingen, Señor, kam ihnen dieses lächerlich kleine Stückchen Land, auf dem wir leben, wie eine riesige Stadt vor. Aber wenn sie von diesen Spaziergängen zurückkamen, strahlte Nora übers ganze Gesicht, und ihre Augen waren fast wie geöffnete Tulpenblüten, so groß und schön. Ehrlich gesagt, habe ich lange gebraucht, um zu erkennen, dass meine Schwester anders ist als andere, Señor. Als wir klein waren, sagte ich oft zu ihr: »Wenn du spielen gelernt hast, komme ich dich holen.« Und es kommt mir so vor, als würde ich ihr heute, wo wir erwachsen sind, immer noch das Gleiche sagen. Wenn ich sie abends füttere, zum Beispiel, und sie zum Bett trage, um sie schlafen zu legen, geht mir dieser Satz durch den Kopf, Señor: »Wenn du spielen gelernt hast, komme ich dich holen.« Als ob die Welt irgendwann einmal für meine Schwester bereit wäre. Nein, Señor, das wird nie geschehen. Für meine Schwester ist die Welt in dem Augenblick gestorben, als sie geboren wurde.

Als dann der Mai kam, schien das Wetter verrückt zu spielen, Señor. Er brachte eine Kälte mit sich, wie wir sie in den letzten zwei Jahren nicht mal im Januar erlebt hatten. Sie können sich nicht vorstellen, wie kalt es war. Meine Mutter holte die warme Decke heraus, um Nora zuzudecken, wenn sie in ihrem Rollstuhl saß, denn weil sie sich nicht bewegt, drang ihr der Wind bis auf die Knochen. Und für alle ging das Leben bald weiter. Sagte ich nicht schon, Señor, dass der Tod nur ein Tag ist, aber das Leben viele? Jedenfalls lief das Leben bald wieder in seiner gewohnten Bahn. Wir gewöhnten uns daran, dass unsere Mutter stets den Blick niedergeschlagen hielt und Noras Mund immer offen stand, denn seit dem Unglück mit meinem Vater macht sie fast nie den Mund zu. Und wir gewöhnten uns daran, immer mal wieder ein Kaninchen hinter dem Fernsehschrank oder unter den Betten zu finden. Das Leben geht weiter, Señor, und die Leere füllt sich. Und ich sagte Ihnen ja schon, dass ich meinen Kummer in mir drinnen behalte, damit er mir nicht entwischt.

An einem dieser kalten Maitage verriet Catalina mir ein Geheimnis. Wir waren dabei, das Unkraut herauszupfen, das manchmal in den Mauerritzen wächst, eine Arbeit für die Jungen, und weil Catalina in den Wolken lebt und mit ihren Gedanken oft ganz woanders ist, zupfte ich zuletzt das Unkraut ganz allein, während sie sich drehte, dass ihre Röcke flogen. Plötzlich sagte sie, sie hätte sich überlegt, wenn der Neue wirklich eine Käserei aufmachen würde, könnte sie ihn vielleicht um Arbeit bitten. »Was verstehst du denn von Käse? Das Gute hier bei uns ist doch das Gemüse und das Kalbfleisch, weil unser Gras das Fleisch schön rosig macht«, sagte ich, und sie sagte: »Ja, ja, ja, aber ich kann die Hühner nicht mehr sehen.« Und dann erzählte sie mir, wie sie jedes Mal, wenn sie an Jimenas Haus vorbeiging, davor stehenblieb und durch die Fenster lugte. Deshalb wusste sie, dass die Eheleute sich kaum ansahen. Dass sie keine Zärtlichkeiten tauschten und der eine in die Küche ging, wenn der andere im Wohnzimmer war, und umgekehrt. Sie erzählte mir auch, dass der Mann Miguel hieß, dass sie sich schon ein paar Mal mit ihm unterhalten hatte und dabei immer so ein Kribbeln spürte und ihre Wangen pfirsichrot wurden, und dann sagte sie noch: »Ich weiß nicht, was mit mir los ist, Lea, aber jedes Mal, wenn Miguel mich ansieht, denke ich an trottende Pferde.« An trottende Pferde, ist das nicht hübsch, Señor?

Ich sage es Ihnen ganz offen: Catalinas hemmungslose Leidenschaft für ältere Männer war nichts Neues. Schon als kleines Mädchen erzählte sie allen, dass sie für Antón schwärmte, den Priester, Señor, den Priester!, und in diesem Jahr ging sie so oft zur Kirche, dass sie fast selbst ein Heiligenbild geworden wäre. Und vor zwei Jahren kam sie mit einem Mal auf die Idee, sich um einen alten Mann aus der Gegend zu kümmern, obwohl sie erst sechzehn war, und sagte, sie wäre in ihn verliebt und wenn sie mit ihm zusammen wäre, würde sie vergessen, dass sie hinkte, und könnte durch die Täler rennen, die dem Alten gehörten, wie damals, bevor sie sich das Bein verbrannte. Und ich ging schnurstracks zu dem Alten hin und machte ihm klar, dass mit mir nicht gut Kirschen essen ist, und wenn er ihr Hinkebein anrührte, würde ich Estebans Flinte nehmen, und dann dürfte er mal durch seine Täler rennen. So was passiert hier oft, Señor, dass die Leute im hohen Alter pervers werden, vor allem in kleinen Dörfern, und wenn man Catalina nur die Hand auf die Schulter legt, will sie einen gleich heiraten. Als das dann vorbei war, hatte sie nur noch Augen für Marco, denn als es einmal beim Sommerfest ein Feuerwerk von »Kobolden« wie Ihnen gab, von Fremden, die nur gekommen waren, um gleich wieder zu verschwinden, da nahm Marco sie auf seine Schultern, damit sie die Raketen besser sehen konnte, und als Catalina Marcos starkem Körper so dicht an ihrem spürte, ging die Leidenschaft wieder mit ihr durch. Stellen Sie sich das nur vor, eine Mimose, die von einer Steineiche liebkost wird. Aber Marco beachtete sie kaum, auch wenn Catalina ihm Briefe und Gedichte und Lieder schrieb. Wenn sie in die Bar kam, bat sie Javier manchmal, dieses Lied zu spielen, in dem es heißt *Ich würde gern ein Land mit dir erfinden*, und sagte, das wäre für Marco, und Marco verzog keine Miene, weil er der größte Holzklotz von allen ist. Er rauchte oder trank einfach weiter, und wenn er sehr betrunken war, wurde er handgreiflich, damit Catalina ihn nicht mehr mochte. Ein paar Mal habe ich mich dann mit ihm angelegt und ihm gesagt, wie sehr ich mich für ihn schäme, wenn ich sehe, dass er fähig wäre, uns weh zu tun. Dann legt er seine Stirn an meine wie ein Stier, der auf ein Kälbchen losgeht, und versucht, mich wegzuschieben, aber ich weiche nicht zurück, Señor, weil ich weiß, dass Marco in Wirklichkeit keiner Fliege was zuleide tun könnte. Das hoffe ich jedenfalls. Wenn das passiert, finde ich am nächsten Morgen dann immer eine Blume vor meiner Haustür oder einen Beutel mit Kartoffeln, an denen noch die Erde klebt, oder ein paar Päckchen meiner Lieblingskaugummis oder, wenn er sich richtig schämt, ein wenig Gras, das ich ganz für mich alleine rauchen kann, während ich den Wald ansehe.

Also fragte ich: »Und was ist mit Marco, Catalina?«, weil Catalinas Schwäche für Marco ein offenes Geheimnis war. Kennen Sie den Spruch *Um glücklich zu sein, müssen wir nur das aufgeben, was uns unglücklich macht?* Und genau das hatte Catalina getan, Señor. »Was soll schon mit Marco sein«, entgegnete sie, »der fasst mich ja nicht mal an, der schenkt seinen Kühen mehr Aufmerksamkeit als mir. Marco empfindet nichts für mich, null, zero, nada. Meine Hühner empfinden mehr für mich als er. Miguel dagegen ... ich weiß auch nicht ... der sieht mich nur an, und schon sehe ich Pferde an mir vorbeitrotten. Und nicht nur Pferde, Lea, sondern auch Ziegen und Schafe und Kaninchen und sogar Zebras. Zebras, Lea, Miguel und ich sehen uns an, und sämtliche Tiere gehen mit mir durch, sogar welche, die ich noch nie gesehen habe.«

Ist das nicht wunderschön, Señor? Wenn man sich zu jemandem so hingezogen fühlt, so stark, meine ich. Und dann macht das Leben alles kompliziert. Wahrscheinlich verstehen Sie davon mehr als ich; mit neunzehn ist die Liebe wie ein Tal mit vielen Flüssen, die man durchqueren muss. Und als Catalina mir das erzählte, fing das Brennen in meinen Eingeweiden wieder an. Sie zählte weiter Tiere auf, flatternde Spatzen, Bären, Rehe, Hunde, Katzen, hüpfende Frösche. Und alle liefen in die gleiche Richtung, erzählte sie mir. Und meine Eingeweide brannten und brannten, so wie jetzt, wenn ich mich an diesen Moment erinnere, an den Moment, in dem mir klar wurde, dass an mir, wenn ich ehrlich war, beim Anblick von Javier kein einziges Tier vorbeilief. Nicht einmal ein Blatt regte sich. Denn das, was ich geglaubt hatte, für Javier zu empfinden, war in Wirklichkeit nicht Liebe, sondern eine lang anhaltende Zärtlichkeit, ein Bedürfnis nach einer Aufmerksamkeit, die er mir im Grunde nie geschenkt hatte, und die Liebe verschwamm vor meinen Augen wie die Welt in dieser Maikälte. Aber das sagte ich Catalina natürlich nicht, sondern log munter drauflos: »Das ist es, was man in meinem und deinem Dorf Liebe nennt, Catalina, und wenn ich Javier betrachte, dann trotten keine Tiere an mir vorüber, dann läuft ein ganzer Marathon an mir vorbei, dass die Erde bebt, Catalina!« Ich übertrieb, wenn ich lüge, übertreibe ich immer. Aber Catalina machte ein dummes Gesicht und sagte: »Das ist wie in dem Lied, Lea, in dem es heißt, *weil meine Stimme versagt, wenn ich dir in die Augen sehe.*«

Ein paar Tage später ging ich mit Catalina am Haus der Neuen vorbei. Das »Unerwünscht« stand immer noch auf den weißen Steinen, auch wenn man sah, dass sie versucht hatten, es wegzuwischen. Ich fand, es sah sogar richtig hübsch aus. Wie immer blieb sie davor stehen, und ich stellte mich lustlos neben sie. »Und was sehen wir uns jetzt hier an, Catalina?, fragte ich. »Sieh nur, sieh doch nur«, antwortete sie. Also spähte ich durch eine Ecke des Fensters. Und da sah ich sie: ein gelangweiltes Ehepaar.

Einen Vater, der diesen vier- oder fünfjährigen Jungen auf dem Arm trug, und eine Mutter, die auf dem Sofa schlief. Ihr blondes Haar lag wirr über das Kissen verstreut, auf dem ihr Kopf ruhte. »Sehen sie nicht gelangweilt aus, Lea?«, beharrte Catalina, und ich zuckte die Schultern und dachte zum ersten Mal, dass man sich überall auf der Welt langweilen kann und das die beiden schon gelangweilt im Dorf angekommen waren. Wieder fielen mir die wirren blinden Haare der Frau auf, und plötzlich hatte ich Lust, diese Haare zu kämmen. Oder zu einem Zopf zu flechten. Ich kann es Ihnen nicht erklären, Señor, aber irgendetwas an den Haaren der Frau, die immer nur schlief, faszinierte mich. Und dann sah ich, wie Catalina lächelte, ungeduldig darauf wartend, dass Miguel sie ansah und zurücklächelte. Ich zog sie am Arm, aber sie sagte, nein, nein, nein, sie wolle bleiben. Da ging ich allein.

Ich saß den ganzen Nachmittag mit Marco in Javiers Bar und rauchte Gras, und Sie können sich nicht vorstellen, wie meine Gedanken rasten. Ich sah so oft zu Javier hinüber, der hinter dem Tresen stand, dass Marco sagte: »Du wirst ihn noch abnutzen mit deinen Blicken, sieh zur Abwechslung ein bisschen mich an.« Aber durch meinen Kopf liefen keine Tiere, sondern Gespräche mit Javier, die ich mir ausdachte und in denen ich zu ihm sagte: »Javier, ich glaube, ich will von hier weggehen.« Und er sagte: »Wo willst du denn hin, wenn du hier doch alles hast?« Und ich: »Wenn ich dich betrachte, will ich Pferde sehen.« Und er: »Was redest du denn da, Lea? Wenn ich dich betrachte, sehe ich frisch geschnittenen Lorbeer und Thymian.« Und ich: »Wenn ich dich betrachte, sehe ich etwas, was schläft, ein Tier, das man angebunden und vergessen hat.« Und er: »Ich mag dich, Lea.« Und ich: »Das ist nicht wahr, das ist nicht wahr, das hast du nie zu mir gesagt, weil du mich nicht lieben willst, weil du dich nicht traust, mich zu lieben.« Und er: »Aber wenn ich doch die bunten Hortensien am Dorfeingang sehe, wenn ich an dich denke.« Und ich: »Das ist nicht wahr, das ist nicht wahr, angenommen, es stimmt, dass das Ende der Welt kommt und wir alle sterben müssen, dass alles vernichtet wird und von uns nicht mal Staub bleibt, Javier, nicht mal mehr Staub, würdest du dich dann mit mir begnügen? Würdest du dich mit einem Häuschen und einer Bar und einer Lea begnügen, die du eigentlich nicht liebst?« Denn so ist es hier schon immer mit der Liebe gewesen: Die Leute tun sich aus Trägheit mit dem zusammen, der in Reichweite ist, und dann schweigen sie sich beim Abendessen an und lassen sich auf dem Nachhauseweg Zeit, um nicht so schnell anzukommen. Und deshalb denke ich, ich muss von hier fortgehen. Und diesen letzten Satz, Señor, sagte ich laut, und Marco fragte »Was?«, und ich sagte »Was was?« »Von wo willst du fortgehen?« »Ist doch egal«, sagte ich, denn in meinem Kopf, Señor, oder eigentlich eher in meinem Magen, war die Idee, wegzugehen, noch kaum zu erkennen. Aber Marco hatte mich gehört, und der Satz blieb ihm im Kopf.

Drei oder vier Wochen später, Señor, es war schon fast Juni, aber trotzdem kalt, als ob die Jahreszeiten sich vorgenommen hätten, uns verrückt zu machen, war ich eines Nachmittags allein im Laden. Sie sehen ja, wie wenige wir hier sind, und wer an einem Tag einkaufen war, geht am nächsten höchstens noch zum Bäcker, und deshalb bin ich im Laden eigentlich die ganze Zeit mit meinem Handy beschäftigt, wenn ich Glück habe und der Empfang und mein Guthaben reicht, oder ich löse Rätsel, am liebsten Buchstabensuppen. Der Himmel war an diesem Tag bedeckt und grau, grauer, als Sie sich vorstellen können, ich stand mit meinem Bleistift und meinem Rätselheft im Laden, und es war kurz vor halb drei. Um halb drei schließe ich ab und gehe nach Hause, um meine Schwester zu füttern. Meine Mutter hat dann schon gegessen und sich zum Mittagsschlaf hingelegt – und zum Weinen, glaube ich. Jedenfalls suchte ich gerade in diesem Meer aus Buchstaben nach dem Wort »perdigón« und war so bei der Sache, dass ich gar nicht hörte, wie jemand hereinkam. Dabei hat meine Mutter schon vor Jahren ein Windspiel an die Tür gehängt, damit wir hören, wenn sie aufgeht, auch wenn wir gerade im Hinterraum sind. Aber an dem Tag hörte ich es nicht, und als plötzlich irgendjemand Wildfremdes »Hallo« sagte, bekam ich einen Riesenschreck. Ich bin eigentlich nicht besonders schreckhaft, Señor, aber an diesem Tag fuhr ich zusammen, und mein Puls begann dermaßen zu rasen, dass ich einen Moment lang dachte, sie müssten mich ins Auto packen und nach Pueblo Grande in die Ambulanz fahren.

»Ich wollte dich nicht erschrecken«, sagte die Frau aus Jimenas Haus zu mir. Und ich kam nicht mehr dazu, sie mit den Augen einer Dörflerin anzusehen, Señor, ich hatte keine Zeit mehr dazu. Denn als ich auf der anderen Seite der Ladentheke die blonden Haare sah, diesmal ordentlich gekämmt, schloss ich für eine Sekunde die Augen und durch meinen Kopf galoppierte ein Fohlen. »Fast wäre ich zu spät dran gewesen«, sagte sie. »Was?«, fragte ich. »Fast wäre der Laden schon zu gewesen.« »Da hast du also Glück gehabt«, sagte ich und dann, ohne nachzudenken: »Mensch, siehst du traurig aus.« Sie lächelte wieder schmallippig und ich fragte, was sie haben wollte. Die

Liste, die sie hervorzog, war so lang, dass ich ihr zwei Kisten packen musste, Sie nahm sogar die letzten übrig gebliebenen Brötchen mit, die sonst niemand will.

Mir fiel auf, dass sie breite Finger mit kurz geschnittenen Nägeln hatte. Meine Mutter sagt immer, ich wäre indiskret, aber sie hat auch immer zu mir gesagt, dass man alles Neue begutachten muss. Und vom Riechen verstehe ich vielleicht nichts, Señor, aber vom Betrachten schon. »Ich nehme an, du willst, dass ich dir helfe, die Kisten zu tragen?«, fragte ich. »Wenn es dir nichts ausmacht«, sagte sie. Und obwohl meine Miene sagte »Doch, es macht mir etwas aus, weil ich eine hungrige Schwester zu Hause habe«, sagte ich, in Ordnung, dann mal los. Bevor wir gemeinsam den Laden verließen, ging ich kurz in den Hinterraum und ließ sie draußen warten und an den Tomaten riechen, ich habe Ihnen ja schon gesagt, dass sie in unserer Erde besonders aromatisch werden. Vom Hinterraum aus beobachtete ich sie. Sie konnte mich nicht sehen, und ich betrachtete sie von oben bis unten und sah, wie fein sie war, viel feiner als wir hier im Dorf. Sie trug Stiefel, die auf unseren Wegen nicht lange halten würden, und ein blaues Hemd. Es sah aus, als wäre es aus einem ganz bestimmten Material, kein Gemisch, sondern vielleicht Seide, einer dieser fremdartigen Stoffe, die hier niemand trägt. Und wieder gerieten meine Eingeweide in Brand, und dieses Mal schloss ich nicht die Augen, aber durch den Teil meines Kopfes, durch den vorher ein Fohlen galoppiert war, rannte und hüpfte jetzt ein Haufen Kaninchen, und ich schnitt ihn schnell ab, den Gedanken meine ich, Señor. Weil ich ihn nicht verstand.

Wir gingen schweigend bis zu dem Haus, das einmal Jimenas gewesen war, und ich blieb vor dem Schriftzug stehen, während sie die Haustürschlüssel suchte. »Bei uns lassen wir die Türen immer offen, damit wir nicht die Schlüssel suchen müssen«, sagte ich. Und sie schwieg weiter. Sie ließ mich allein in einer Küche zurück, die so weiß war, dass es fast weh tat. Auf dem Boden standen Bilder, Gemälde von Obstkörben, frisch geschältem Gemüse, ein ganzer Haufen Stillleben mit traurigen Lebensmitteln, Señor. »Sind das deine?«, fragte ich sie. »Die Bilder, meine ich.« Sie rief aus dem anderen Zimmer herüber »Ja«, und ich sagte, am besten gefiele mir das mit den Limetten in einem Weidenkorb. »Was für ein Zufall«, sagte ich, »genau so riecht meine Mutter.« Eine leichte Bitterkeit überkam mich, Señor, weil mir in diesem Augenblick klar wurde, dass ich zu Jimenas Lebzeiten nie in diesem Haus gewesen war. Ich weiß nicht, wie meine Großmutter ihr Haus eingerichtet hatte oder welche Bilder an ihren Wänden gehangen hatten. Ich hatte das Gefühl, dass mein Leben ein wenig, nur ein wenig, außer Kontrolle geriet. Vielleicht verstehen Sie das nicht, aber in diesem Haus war die Große Lea aufgewachsen, und jetzt war nichts mehr von dem Boden da, über den meine Mutter gegangen war, nichts mehr von dem Boden, der Jimena so lange begleitet hatte. Und in meinen Augen, ach, Señor, in meinen Augen stand wieder die Dörflerin, als die Frau mit ihrem Kind auf dem Arm in die Küche zurückkam. »Halt deinen Jungen bloß an der kurzen Leine, denn wenn er in den Wald läuft, kommt er nicht zurück«, sagte ich zu ihr. Und ich wunderte mich, Señor, ich wunderte mich, weil die Augen der Frau ebenfalls ungewöhnlich waren, weil ich in ihnen auch die Dörflerin erkannte und noch nie zuvor Augen gesehen hatte, die so voller Misstrauen waren wie meine. Denken Sie nur, ich erschrak sogar ein bisschen und sagte zu ihr: »Sieh mich nicht so an.« »Du hast das an unsere Hauswand geschrieben, nicht wahr?«, sagte sie. Ich schüttelte den Kopf. Tausend Mal schüttelte ich den Kopf. Weil ich mich schämte, Señor. Es war mir peinlich, und das, obwohl ich sonst tue, wozu ich Lust habe und wann immer ich Lust dazu habe. »Streite es nicht ab, du warst es.« Ich stellte die Kiste mit den Lebensmitteln auf den Tisch und ging, ohne die Tür hinter mir zuzumachen, und statt des Wegs sah ich wieder das galoppierende Fohlen vor mir und die hüpfenden Kaninchen und ein Rudel Rehe. Und alle liefen in die gleiche Richtung.

MISSRATEN

Danach begann es zu schneien, Señor, mitten im Juni, und wir konnten sechs Tage lang nicht vor die Tür. Stellen Sie sich vor, wie viel Schnee fiel, dass der Wald, wenn ich aus dem Fenster sah, nur weiß, weiß, weiß war. In diesen sechs Tagen saßen wir drei Frauen zu Hause, meine Schwester, meine Mutter und ich, und vertrieben uns die Nachmittage damit, Pflanzennamen aufzuzählen, ein Spiel, das meine Mutter immer mit meinem Vater gespielt hatte, als er noch lebte. Meine Mutter sagte »Kamelie«, und ich sagte »Rhododendron«, und sie »Akazie« und ich »Azalee«, sie sagte »Seidelbast« und ich »Edellieschen«, sie sagte »Petunie« und ich »Lass uns lieber Bäume nehmen, Mama, das mit den Blumen wird mir langsam langweilig.« Also fing sie an mit »Birke«, und ich sagte »Haselbaum«, und sie »Stechpalme« und ich »Kastanie« und sie »Mehlbeere« und ich »Ulme« und sie »Wir müssen aufhören, Lea, Nora hat die Windeln voll.«

Die Nachmittage schienen kein Ende zu nehmen, um vier hatte man das Gefühl, es wäre schon elf, und um elf, es wäre noch vier. Außerdem führte ich lange Gespräche mit Nora; ich erzählte ihr, dass ich das Gefühl hatte, nicht mehr genug für Javier zu empfinden, und dass die Tiere, die beim Anblick der blonden Frau durch meinen Kopf liefen, nicht etwa aus Liebe an mir vorbeitrotteten, wie bei Catalina, sondern aus irgendeinem anderen Grund, den ich noch nicht kannte. Meine Schwester, ein wildes, wortloses Tier, sah mich an, und die Spucke lief ihr aus dem Mund, den sie seit dem Unglück mit meinem Vater nicht mehr zugemacht hatte. Haben Sie schon einmal versucht, einen Mund zu schließen, der nicht geschlossen werden will? Das ist, wie Beton von einem Hof zum nächsten zu schleppen.

Als wir uns schon drei Tage den Hintern auf dem Sofa plattgesessen hatten, hämmerte es an die Tür, und ich wusste gleich, dass es Marco war, weil Marco seine Kraft so wenig unter Kontrolle hat, dass es klingt, als wollte er mit seinen Pranken die Tür einschlagen, wenn er klopft. Von draußen rief er wieder und wieder meinen Namen, wie er es immer tut. »Kleine Lea! Kleine Lea!«, rief er und ein paar Sekunden später noch mal: »Kleine Lea! Kleine Lea!« In kleinen Dörfern macht man das so. Dass man den Namen der Leute ruft, damit sie rauskommen, meine ich. Mein Vater hatte das so mit meiner Mutter gemacht, als die beiden ungefähr so alt wie ich und frisch verliebt waren. Meine Mutter lebte damals in Jimenas Haus, ihr Schlafzimmer lag im ersten Stock, und sie ließ ihr Fenster immer offen, damit sie meinen Vater hören konnte. Und kaum, dass mein Vater auf dem Platz angekommen war, fing er an zu schreien: »Lea! Lea!« Und meine Mutter rief von drinnen: »Liebster! Liebster!« Und die Leute im Dorf sagen, wenn sie sie rufen hörten, hätten sie sich gefühlt wie im ewigen Frühling. Wenn ich zu Javier gehe, rufe ich zum Beispiel immer: »Mein Schöner! Mein Schöner!« So nenne ich Javier nämlich manchmal, wenn ich will, dass er mich liebt, aber er hat keinen Namen für mich, er ruft nicht nach mir, er wartet, bis er meine Schritte vor seiner Tür hört, und dann macht er auf und begrüßt mich immer mit dem gleichen Satz: »Was will die Kleine Lea denn jetzt schon wieder?« Marco dagegen ruft nach mir, aber ich will nicht, dass Marco nach mir ruft, deshalb bleibe ich drinnen und gebe keinen Mucks von mir.

An dem Tag jedenfalls klopfte Marco an meine Tür, und meine Mutter rief aus der Küche: »Eines Tages wird der Kerl uns noch die Tür einschlagen. Und ich ging raus und sagte: »Was will der ungehobeltste Kerl des ganzen Dorfes?« Und er, den nicht einmal der Schnee im Haus halten konnte, fragte mich, ob ich schon gesehen hätte, was meine Hauswand zierte. Ich sagte: »Was redest du denn da, Marco?« und er »Komm raus und sieh es dir an, komm schon, komm schon«. Also nahm ich die dicke Winterjacke meines Vaters, die immer noch an der Garderobe neben der Tür hing, und ging hinaus, und die schwere Last drückte auf meine Schultern, sodass meine Schuhe ein wenig in den Schnee einsanken. Ich schwieg, und Marco, der eine Zigarette zwischen den geröteten Fingern hielt, stieß mit einem Seufzer den Rauch aus. Quer über die Steinwand meines Hauses stand *Missraten* geschrieben, neben der Tür und direkt über dem Fenster, von dem aus man den Wald sieht. *Missraten*, in schwarzen Lettern, können Sie sich das vorstellen, Señor?

Als ich klein war, konnte ich in der Schule einfach nicht den Mund halten, Señor, und wenn ich etwas sagen wollte, sagte ich es frei heraus. Catalina sah die Lehrer immer mit Schafsmiene an, mit einem Gesicht, das sagte, frag mich nicht, weil ich es nicht weiß, das sagte, bestraf mich nicht, weil ich es nicht war, das sagte, bei mir zu Hause hat mich niemand richtig lieb, und dann waren die Lehrer gerührt und nahmen sie in den Arm. Und als das mit ihrem Bein passierte und die Kinder auf dem Schulhof sie dazu brachten, zu rennen, um sie dann auszulachen, war immer ein Lehrer zur Stelle, um den Spöttern die Leviten zu lesen.

Aber ich wusste, dass man zwar mit den Leuten reden soll, aber die, die keine Leute sind, besser wie Kühe behandelt, denen man einen Stockhieb auf den Hintern versetzt, um ihnen zu zeigen, wo es langgeht, also stellte ich mich vor sie hin, wenn die Lehrer nicht zusahen, und sagte ihnen, ich würde sie einmal im Guten warnen, bevor ich meine Krallen ausfahre, und wenn die Jungs lachten, fiel ich über sie her und beschimpfte sie wüst, Señor. Zu einem sagte ich, ob seine Mutter ein Huhn aus der Legebatterie wäre, weil sie nichts besseres hervorgebracht hätte als ein Ei wie ihn, das man in der Pfanne braten könnte, und der Junge, der offenbar keine Mutter mehr hatte, flennte einen ganzen Fluss zusammen – ach, was sage ich, alle Sieben Weltmeere! Der Direktor, ein fieser Kerl, sagte mir, dass man nicht immer alles sagen dürfte, was einem gerade durch den Kopf geht, aber ich hatte kein schlechte Gewissen wegen dem Jungen, sondern Mitleid mit Catalina und ihren verweinten Augen, und deshalb sagte ich ihm frech ins Gesicht, wenn es dem Esel zu wohl ist, geht er aufs Eis. Das hatte mein Vater oft über die Dolores gesagt, und denken Sie nur, Señor, wie das Leben so spielt: Am Ende war mein Vater der Esel und brach ein. Und als ich das zu dem Schulleiter sagte, fragte er, ob ich die mit der zurückgebliebenen Schwester wäre, die sich nicht bewegen könnte. Und dann sagte er: »Na, da haben deine dämlichen Eltern ja richtig Glück gehabt mit der Zurückgebliebenen und dir missratenem Balg.« Und obwohl ich nicht auf den Mund gefallen bin, weiß ich, wann es besser ist, nichts zu sagen, denn wenn ich diesem Idioten, diesem Deppen, diesem Hohlkopf widersprach, würde meine Mutter sich bis in alle Ewigkeit anhören müssen, dass sie »die Mutter von der Zurückgebliebenen und dem missratenen Balg« war, und es reichte schon, dass die Alten im Dorf uns bedauerten, weil sie eine Tochter wie meine Schwester hatte.

Seit dem Tag war ich in der Schule als »das missratene Balg« bekannt, missratenes Balg hier und missratenes Balg da. Ich sagte nie etwas dazu, und einmal, als ich auf dem Weg nach Hause im Schulbus neben Javier saß, fragte ich ihn, ob Missratenheit erblich wäre und ob unsere Kinder, wenn wir später mal welche hätten, von Geburt an missraten wären, so wie Damhirsche die weißen Flecken auf ihrem Fell erben. Und er sah mich an, als wollte er sagen »Wir beide werden niemals zusammen Kinder haben«, aber ich achtete nicht weiter auf seinen Blick, weil mir die Gewissheit, dass ich missraten war, zu viel Angst machte. Und seitdem gehen mir die beiden Wörter im Kopf herum, Señor, aber weil ich der größte Dickschädel bin, den es gibt, lasse ich sie von mir abperlen wie Öl von Wasser. Und als ich sie jetzt an der Wand meines Hauses sah, des Hauses, in dem auch die Frau wohnt, die mich erzogen hat, und die Schwester, die sie nicht erziehen konnte, wurde das Brennen in meinem Magen so schlimm, dass ich Sterne sah.

»Wer war das?«, fragte ich, und Marco antwortete wie aus der Pistole geschossen, na, wer soll das schon gewesen sein, das waren die Fremden. Als die blonde Frau mich beschuldigt hatte, *Unerwünscht* an ihre Hauswand geschrieben zu haben, hätte ich sagen müssen, nein, nein, nein, ich weiß nichts von der ganzen Sache, und dazu ein Gesicht machen wie Catalina, als wir klein waren, dieses »Ich war es nicht«- Gesicht. Stattdessen war ich davongeflogen wie eine aufgescheuchte Taube. Und jetzt schmückte ein *Missraten* meine Hauswand. Ich versuchte, es wegzuschrubben, aber merkte bald, dass nicht mal der Regen es abwaschen würde. Marco sagte: »Ich weiß was, ich weiß, was wir tun müssen.« Er trottete über die verschneiten Felder davon, und ich lief ihm nach. Wir rannten fast bis zu der Stelle, wo jetzt wahrscheinlich Ihr Hund ist, Señor, zu den toten Hasen, und dort lagen sie auf einem Haufen, voller Blut und halb gefroren. Sie hatten genau die gleichen Gesichter wie mein toter Vater, und Marco lud sich, ohne zu zögern, zehn oder mehr von diesen eiskalten Hasen auf die Schultern. Ohne lange darüber nachzudenken, hob ich unterwegs die Hasen auf, die ihm herunterfielen, und so gelangten wir wieder vor die Tür von Jimenas Haus. Ich kam mir vor wie in einem Horrorfilm.

»Die werden nicht rauskommen, bis es aufhört zu schneien, und du wirst schon sehen, wie das stinkt, wenn die Hasen eine Weile in der Sonne gelegen haben«, sagte Marco und legte den Neuen die toten Tiere auf die Türmatte. Ehrlich gesagt, hätte ich fast gelacht, Señor, aber ich verkniff es mir, denn das wäre wirklich missraten gewesen. Marco hatte sich eine Zigarette angezündet und drückte sie jetzt auf dem weißen Stein neben dem Türklopfer aus. »Wir wollen doch sehen, ob die sich das noch mal trauen«, sagte er. Meine Wangen waren eiskalt, aber meine Augen waren nicht voller Misstrauen, Señor, sondern voller Erwartung; es kam mir vor, als ob die Tiere, die beim Anblick der blonden Haare der Neuen durch meinen Kopf gelaufen waren, jetzt tot auf der Türmatte lägen, bereit, den unerträglichen Gestank des Todes zu verströmen. Obwohl ich auch den Tod nicht riechen kann, Señor.

Bevor ich wieder ins Haus zurückging, um für die nächsten drei Tage mit meiner Mutter die Namen von Bäumen aufzusagen, rauchten wir noch ein bisschen Gras, hier, wo wir gerade sitzen, Señor, ich habe Ihnen ja schon erzählt, dass ich herkomme, um nachzudenken, weil es hier immer schattig ist. Ich erzählte Marco, dass meine Mutter und mein Vater, aber auch das Land und dieses Dorf voller alter Leute mich gut erzogen hatten und dass es keineswegs missraten war, *Unerwünscht* an die weiße Steinwand zu schreiben, sondern eine Warnung, weil gut erzogene Leute andere warnen, sie warnen und mahnen, dass man die Dinge beim Namen nennen muss und dass uns das Leben auf diesem winzigen Flecken Erde eines gelehrt hatte, nämlich, dass die Leute nur weggehen, wenn sie nicht mehr geliebt werden. Und ich sagte zu Marco: »Wer zieht schon ans Ende der Welt, sag mir, wer macht das schon? Die führen was im Schilde, Marco, diese Leute kommen in unser Dorf, um uns auszunutzen.« Und Marco sagte ja, ja, ja, und dann schwieg er, und der Atem, der aus seinem Mund kam, war kalt, fast eisig, so eisig wie das, was er dann sagte: »Du kannst nicht von hier fortgehen.« Er hatte den Satz nicht vergessen, der mir in der Bar herausgerutscht war, weil ich mir meine Gespräche mit Javier vorgestellt hatte. In seinem Kopf spukte dieses »Deshalb denke ich, ich muss von hier fortgehen« herum, und er hatte nächtelang darüber nachgedacht, wo ich hingehen wollte, wenn ich hier doch geliebt wurde, wenn hier niemand aufgehört hatte, mich zu lieben.

Wir sahen uns in die Augen, das mache ich oft, Leuten in die Augen sehen, meine ich, aber Marco nicht. Aber Marco hatte schon immer eine Schwäche für mich, Señor. Dann fragte ich ihn: »Marco, was siehst du, wenn du mich betrachtest?« Marco knackte mit den Fingern, wie er das immer tut, wenn er nachdenkt, und sagte, wenn er mich betrachtete, sähe er ein Mädchen mit zerzaustem Haar, und ich sagte nein, nein, nein, was ihm durch den Kopf ginge, wenn er an mich dachte, und er sagte: »Ich weiß nicht, Lea, ich denke an dich und denke, dass ich mein Leben lang tote Tiere schleppen würde, wenn du mich darum bittest.« Und da sagte ich nichts mehr.

Die Liebe ist immer anders, auch wenn sie immer gleich erscheint, glauben Sie nicht, Señor? Für Catalina ist sie ein Rudel Tiere, die alle in die gleiche Richtung trotten, für mich sind es Worte, die ich einfach nicht aus Javier herausbringe, und für Marco ist es eine Ladung toter Hasen. Seltsam. Aber ich antwortete ihm, dass mir das nichts nutzte. Dass ich nicht fand, was ich suchte. Und da sagte er noch einmal, dass ich niemals von hier weggehen würde, dass meine Kenntnisse mir woanders nicht nützlich wären. Und wissen Sie, was merkwürdig ist, Señor? Normalerweise gab ich nicht viel auf Marcos Worte, aber dieses *Missraten* an meiner Hauswand, das ich nur mit Mühe wegbekommen würde, gab mir das Gefühl, ganz klein zu sein. Ich betrachtete meine Hände, und sie erschienen mir klein, und dann betrachtete ich den Wald und fühlte mich so klein wie ein Blatt auf dem Boden, so klein war ich.

Und deshalb konnte ich Marco nicht sagen, ich hatte einfach nicht die Kraft, ihm zu sagen: Anderes kenne ich nicht, aber das, was ich kenne, ist woanders sehr wohl nützlich, sogar in China. Stattdessen schwieg ich und fühlte, wie mir von dem Gras, das ich geraucht hatte, schwindelig wurde, wie meine Gedanken an finsteren Orten umherschweiften und ich mich in den verwunschenen Wäldern in meinem Kopf verirrte, als ich merkte, wie viel mir Marcos Worte auf einmal bedeuteten, sein »Du wirst nie von hier fortgehen.« Aber dann kam ich wieder zu mir und sagte, während ich aufstand, um nach Hause zu gehen: »Du bist der, der nichts weiß.« Und er sagte: »Ich weiß, dass du eine Schwester hast, die so nutzlos wie ein Ferkel ist, und einen toten Vater und eine trauernde Mutter.«

Die grausame Wahrheit in Marcos Worten machte mich, das kleine Blatt auf dem Waldboden, wütend. Denn man muss die Dinge zwar beim Namen nennen, Señor, aber was meine Familie betrifft, darf nur ich das, sonst beiße ich um mich wie ein wildes Tier. Sie können sich nicht vorstellen, wie ich ausrastete. Ich ging auf Marco los, der immer noch auf der Bank saß, packte ihn an den Haaren, an seiner schulterlangen Mähne, und schrie: »Ich hasse dich, ich hasse dich, ich hasse dich!« Ich nannte ihn einen Esel, einen Volltrottel, einen Faulenzer und Betrüger, einen Schuft, und sagte, *Missraten* müsste eigentlich an seiner Hauswand stehen, an seiner Zimmerwand, sein Kopfkissen müsste damit bedruckt sein und von seinem Balkon müssten Transparente mit der Aufschrift hängen, auf denen stand »Hier lebt ein missratenes Arschloch«, ich riss ihn an seinen Haaren von der Bank hoch, bis meine Arme nicht mehr ausreichten und er vor mir aufragte wie die Spitze einer Zypresse, und dann schubste ich ihn, schubste ihn vor mir her bis zur ersten Baumreihe des Waldes und schrie ihn an: »Lass mich in Ruhe!« Und Marco hielt sich zurück, weil er mir niemals weh tun würde, und schrie, was ich gerade ein paar Minuten vorher gesagt hatte, nämlich dass gut erzogene Menschen andere warnen und mahnen, und während ich nach Hause rannte, rief er mir noch hinterher: »Dein Problem ist, dass du zu wenig weinst, du missratenes Balg!«

Meine Mutter war sehr aufgebracht. Sie fragte, ob ich denn nicht wüsste, dass wer Ärger sucht, ihn auch bekommt, kniff mich in den Arm, wie man das hier im Dorf mit ungehorsamen Kindern macht, und rief, »Was würde dein Vater sagen, wenn er mit ansehen müsste, wie sein Haus beschmiert wird und man uns missraten nennt.« Da ging es mit mir durch, und ich schrie meine Schwester an, die wie immer da lag und nach Pisse stank, »Mach den Mund zu, Idiotin, an dich gehen ja nicht mal die Fliegen ran!« Die Ohrfeige, die meine Mutter mir verpasste, ließ meine Wange knallrot leuchten wie reife Pflaumen.

Sehen Sie mich nicht so an, Señor, sehen Sie mich nicht so an. Ich ging hoch in mein Zimmer und schickte Javier eine Nachricht, die auf seinem Handy ankommen würde, wenn es aufhörte zu schneien und wir wieder Empfang hatten. »Soll die Welt doch untergehen, Javier«, schrieb ich.

In den folgenden drei Tagen saß ich zu Hause fest und grübelte nach, Señor, ich grübelte und fragte mich, wofür wir Menschen da sind und wie sehr wir unserem Umfeld gegenüber verpflichtet sind. Und ich hatte Zeit, mir vorzustellen, wie mein Leben aussehen würde, wenn ich nicht hier wäre. Wie das Leben meiner Mutter aussehen würde, wenn ich wegginge. Und das Leben meiner Schwester. Und ich kam zu dem Schluss, dass die Welt für sie endgültig untergehen würde, wenn ich ging. Was sollte meine Mutter mit einem Kind wie meiner Schwester anfangen, ganz allein mit einem sechzig Kilo schweren, schlaffen Körper, den sie versorgen musste, in einem Haus, das ihr allmählich zu groß wurde, so wie es Jimena mit ihrem Haus ergangen war? Und so ging ich eines Morgens runter ins Wohnzimmer und fragte meine Mutter, was meine Großmutter eigentlich so Unverzeihliches getan hatte. Weil ich es verstehen wollte, Señor. Und sie sagte mir, dass Jimena eine böse Frau gewesen war, die sie in ihrer Kindheit wegen jeder Kleinigkeit gedemütigt hatte, dass sie aufgehört hatte, zu reden, als mein Großvater starb, und nicht einmal wieder damit anfing, als meine Mutter ein krankes Kind bekam. Und meine Mutter sagte, das werde sie ihr niemals verzeihen, und ich sagte: »Sprich in der Vergangenheit, Mama, Jimena ist nicht mehr da.« Weil nämlich meine Mutter, auch wenn sie behauptet, dass sie meine Großmutter hasst, sich einfach nicht angewöhnen kann, in der Vergangenheitsform von ihr zu sprechen, und das, obwohl die Frau seit Jahren tot ist.

»Sie hat mir nicht einmal geholfen, meinen Kummer zu tragen, als ich das erste Mal Mutter wurde und dann gleich mit einem Kind wie Nora, sie hat mich nicht einmal besucht, sondern ich musste zu ihr hingehen, und als sie dann das Kind gesehen hat… Du kannst dir nicht vorstellen, Kleine Lea, wie viel Verachtung und Abscheu in Jimenas Blick lag. So sieht man niemanden an, der zur Familie gehört, Lea. Als ich deinem Vater erzählt habe, wie sie mit Nora umgesprungen ist, wollte der gleich zu ihr gehen und ihr die Leviten lesen, ihr sagen, was für eine verbitterte alte Frau sie ist. Aber ich habe ihn davon abgehalten, und dein Vater hat ihr ein totes Karnickel vor die Tür gelegt, um ihr klarzumachen, dass wir von jetzt an geschiedene Leute sind.«

Da wurde mir klar, Señor, dass ich nie mehr in dieses Dorf zurückkehren könnte, wenn ich weggehe, weil meine Mutter mir nie verzeihen würde. Sie würde es mir nicht verzeihen. Sie würde mit mir das Gleiche machen wie mit ihrer Mutter, sie würde vergessen, dass sie mich einmal geboren und geliebt hat. »Bitte hör nie auf, mich zu lieben, Mama«, sagte ich, und sie lachte, wie sie früher gelacht hatte, bevor mein Vater verunglückte. Und als sie sie so lachen hörte, machte Nora endlich wenigstens ein bisschen den Mund zu.

Kennen Sie dieses Lied, in dem es heißt *Und wenn die gewaltige Weite des Meeres vergeht, so soll doch die Schwärze deiner Augen niemals sterben und deine zimtfarbene Haut immer gleich bleiben?* Der Herr lächelt leicht und summt die Melodie. »Sieh an, jetzt sehen Sie gleich viel weniger traurig aus, Señor.« Der Herr nimmt den Joint und steckt ihn sich zwischen die Lippen. Und ich lache und sehe den Wald an.

Jedenfalls hat meine Mutter nach unserem Gespräch dieses Lied aufgelegt, Señor, weil sie ihre Trauer und ihre Sehnsucht vertrieb, indem sie solche Lieder sang, Lieder, wie sie hier beim Sommerfest gespielt werden, Boleros über ewige Liebe und Gefühle, die niemals vergehen, so wie die Leute hier im Dorf, die zwar sterben, aber im Gedächtnis der vier Straßen mit Kirche weiter umherirren.

Im Grunde genommen ist das Leben, das mich hier erwartet, Señor, das Gute an einem kleinen Ort wie diesem, eine romantische Vorstellung, die ich dort, wo ich hingehen will, wohl kaum finden werde. Eigentlich verstehe ich die Fremden, ich verstehe, dass jemand, der daran gewöhnt ist, dass dauernd etwas zu Ende geht – denn wenn ich an große, weitläufige Städte denke, an Städte voller Lichter und Menschen und Möglichkeiten, dann stelle ich mir vor, dass dort immer irgendetwas zu Ende geht, flüchtige Liebschaften, schnelles Vergessen, Gefühle, die sofort von anderen verdrängt werden, denn so ist das, wenn man in der Stadt lebt –, also jedenfalls verstehe ich dann, dass jemand hierher kommt, um auszuprobieren, wie langlebig die Dinge in einem Dorf wie unserem sind. Denn ich weiß ja nicht, wo Sie herkommen, Señor, aber hier bei uns lebt nicht nur der Hass immer weiter, sondern auch die anderen Gefühle werden immer größer, bis sie schließlich unermesslich sind, und hier, Señor, vergeht die Zeit zwar langsam, aber macht dadurch alles größer, was unsere Haut berührt. Deshalb verliebt sich Catalina, sobald sie jemand ansieht und anlächelt, deshalb verliert Marco die Beherrschung, sobald ihm jemand dumm kommt, deshalb dauert Javiers Schweigen dem Leben gegenüber eine erschreckende Ewigkeit.

 In den folgenden drei Tagen, in denen wir eingeschneit waren, brachten mich das *Missraten* an unserer Hauswand und Marcos Worte zu der Erkenntnis, dass ich vielleicht anderswo gar nicht überleben könnte, dass es mir ergehen würde wie einem Eisbär, den man in den Wald hineinsetzt, den wir gerade ansehen. Außerdem, Señor, ist da ja noch meine Schwester, meine Nora. Was würde aus ihr werden, aus ihren schlaffen Muskeln und ihrem offenstehenden Mund, wenn ich ging? Ich dachte viel über die Verantwortung nach, die wir unserem Umfeld gegenüber haben, Señor, und kam zu dem Schluss, dass ich wirklich missraten wäre, wenn ich wegginge und die beiden Frauen in meinem Leben einsam und eingeschlossen zurückließe.

SOLDAT IN EINEM KRIEG

Als es aufhörte zu schneien, dauerte es auch nicht mehr lang, bis die Kälte ging und die Junihitze zurückkehrte und der Irrsinn der Jahreszeiten eine Verschnaufpause einlegte. Am sechsten Tag brannte die Sonne schon wieder, und als ich morgens aufstand und aus dem Fenster sah, musste ich an die toten Hasen vor Jimenas Haustür denken. Geduldig wartete ich darauf, dass die Tauben aufstieben und davonfliegen würden, wie sie das immer tun, wenn irgendjemand irgendwo schreit. Ich wartete darauf, wie die Neuen schreien würden, wenn sie die Bescherung vor ihrer Tür entdeckten. Aber ich wartete und wartete, und als es elf Uhr schlug, hatte immer noch niemand geschrien. Meine Mutter war früh aus dem Haus gegangen, um den Laden zu öffnen, denn wir hatten seit Tagen die Jalousie nicht hochgezogen, und sie hatte Angst, die Lebensmittel könnten verdorben sein. Aber weil meine Mutter meine Schwester nicht mehr erträgt, hatte sie vergessen, Nora zu wecken, und so hörte ich um elf keinen Schrei, sondern das Knirschen von Noras Knochen. Sie müssen nämlich wissen, Señor: Wenn meine Schwester lange Zeit liegt, ohne dass man sie umbettet, fangen ihre Knochen an, sich zu beschweren. Ich ging also in ihr Zimmer und da lag sie in ihrem Kinderschlafanzug, in dem sie aussieht wie ein zweiundzwanzigjähriges Baby. Mir fiel der Satz ein »Dein Problem ist, dass du zu wenig weinst« und dann der Satz »Ich weiß, dass du eine Schwester hast, die so nutzlos wie ein Ferkel ist«, und von Ferkeln weiß ich nichts, wenn ich auch denke, dass ich anderes weiß, aber bei diesen Sätzen fing mein Magen wieder an zu brennen, weil meine Augen schon an den Anblick dieses menschlichen Wesens gewöhnt waren, an meine Schwester, die so nutzlos ist wie eine Vase, die niemand mit Blumen bestückt. Und als ich jetzt Noras schlaffen Körper mit Marcos Sätzen bestückte, sah ich meine Schwester mit anderen Augen, und plötzlich musste ich daran denken, Señor, wie mein Vater das Mitleid der Dorfbewohner nicht ertragen hatte, wenn wir mit dem Rollstuhl meiner Schwester über die Wege holperten. Und weil er es nicht ertrug, fuhr er sie lieber nachts spazieren, als sich die Bemerkungen der Nachbarn anzuhören. Beim Anblick ihrer mitleidigen Mienen drehte sich ihm genauso der Magen um, wie wenn Antón sagte: »Kommt doch öfter zu mir in die Kirche, dort können wir für Nora beten.« Wenn der Pfarrer das zu meinem Vater sagte, schimpfte der nach dem Abendessen. »Was fällt diesem Blödmann ein, er ist viel bedauernswerter mit seinem Vertrauen zu einem Gott, den es gar nicht gibt!« Und so verloren mein Vater und meine Mutter nach und nach das Interesse an Noras Leben, und ihre ganze Welt schrumpfte auf Versprechen zusammen, die nie eingehalten wurden. »Nora, heute Nachmittag flechte ich dir Zöpfe« oder »Nora, heute Nachmittag darfst du raus auf den Hof zu den Kaninchen« oder »Nora, morgen nehmen wir dich mit in den Laden« oder »Nora, wenn ich wiederkomme, mache ich Erde für dich sauber, damit du sie dir in den Mund stecken kannst« oder »Nora, heute Nacht schlafe ich bei dir« oder »Nora, ich umarme dich, aber später«. Für meine Schwester war die Welt ein Morgen, das niemals kam, ein »heute Nachmittag« ein »Morgen früh«, ein »Bald« und ein »Gleich«. Vielleicht ist das wirklich das Ende der Welt, Señor, dieses Warten auf etwas, was niemals kommt, meine ich.

Und nun lag Nora im Bett, weil meine Mutter vergessen hatte, sie herauszuholen und ihr das Frühstück zu machen, und ich erst um elf bemerkte, dass ich nicht allein im Haus war. Ach, Norita, du bist immer so still, dass du eher an eine Pflanze als an ein Tier erinnerst! Und ich schlang meine Arme um ihren Oberkörper und spürte ihre Brust an meiner und ihr Gesicht an meiner Schulter, und auf meinem Gesicht spürte ich ihre Augen, die mich stachen wie Nadeln. »Norita, wie hübsch du bist, wenn du an einem sonnigen Tag wie heute aufwachst«, denn ich sage meiner Schwester immer, wie hübsch sie ist. Und als ich sie auszog, um ihre Wäsche zu wechseln, sah ich einen Körper, der stärker entwickelt war als meiner. Brüste, die mit den Jahren so schlaff geworden waren, dass sie fast bis zur Scham herunterhingen, Schultern, die so gekrümmt waren, dass sie einander fast berührten, und Sommersprossen – meine Schwester ist nämlich sehr sommersprossig, Señor –, die so selten jemand zu sehen bekommt, dass sie auf der Haut jede Bedeutung verloren haben. Es ist seltsam, Señor: Wenn ich meine große Schwester ansehe, sehe ich einen Körper, der mir ein wenig Angst macht, wenn ich ihn länger betrachte. Aber das liegt daran, dass ich mir kein Mitleid gestatte. Und stattdessen kommt die Angst.

Eine Zeitlang trug Nora eine Brille, eines dieser Modelle, die das Gesicht voller erscheinen lassen. Meine Mutter war extra in die Stadt mit Meer gefahren, um sie ihr zu kaufen. Ich begleitete sie und sah zum ersten Mal das Meer, Señor, dieses Meer, das uns gehörte, weil wir so nah daran wohnen, dass man hier im August und manchmal, wenn man ganz still hält, sogar im September die Salzluft auf dem Gesicht spüren kann. Später fanden wir dann irgendwie nie die Zeit, Nora eine neue Brille zu kaufen, deshalb sind die Augen meiner Schwester jetzt nackt, und meine Mutter sagt immer, sie könnte alles sehen, aber ich behaupte, dass sie kaum etwas sieht. Wie wohl das Leben für meine Schwester ist, für jemanden, der nicht versteht, was Leben heißt, der nichts mit sich anzufangen weiß und für alle Zeiten ein Baby sein wird?

Einmal kam ein neuer Junge an unsere Schule, ein seltenes, ganz besonderes Ereignis, weil es auch in Pueblo Grande nicht viele Neuankömmlinge gibt, und dem erzählte ich, ich wäre Einzelkind, sagte, nein, ich hätte keine Geschwister, und Catalina, die neben mir stand, sah mich an und zischte: »Lügen haben kurze Beine.« Und ich sah sie an und sagte: »Wehe, du verrätst, dass ich gelogen habe, Hinkebein, dann erzähle ich, dass du ins Bett machst.« Und weil der neue Junge mir glaubte, dass ich keine Geschwister hätte, dachte ich wirklich, Señor, dass eine Schwester wie meine vielleicht tatsächlich gar nicht als Schwester zählte. Aber als ich an diesem Tag nach Hause kam, saß Nora auf dem Sofa und lächelte mir entgegen, wie ich mit den Blumen, die Jimena an der Bushaltestelle für mich hingestellt hatte, hereinkam, und als ich sagte: »Guck mal, Nora, die sind für dich«, gab sie kleine Freudenlaute von sich, denn als sie jünger war, konnte meine Schwester noch mehr Geräusche machen. Und ich fühlte, Señor, dass sie mich liebte. Ich passe gern auf meine Schwester auf, ich kümmere mich gerne um sie, weil sie schon da war, als ich geboren wurde, und deshalb einen Vorsprung im Leben hat, und ich trotzdem erkannte, dass ich ihr alles über das Leben erzählen musste, obwohl das eigentlich ihre Aufgabe als große Schwester gewesen wäre.

Andererseits: Was soll ich Nora ausgerechnet jetzt über das Leben erzählen, wo in meinem Leben alles durcheinander gerät und ich hier bin, obwohl ich gar nicht hier sein will? Was soll ich ihr erzählen, wenn sie doch sowieso nichts weiß, wenn sie nicht weiß, was Leben heißt? »Mama, liebt Nora uns?«, habe ich meine Mutter einmal gefragt. »Auf ihre Weise, Lea, auf ihre Weise«, hat sie geantwortet.

Man hatte uns gesagt, Nora würde keine fünfzehn werden, und in dem Jahr, in dem sie fünfzehn wurde, war das für uns das Ende der Welt. Mein Vater arbeitete in dem Jahr weniger, um soviel Zeit wie möglich mit Nora verbringen zu können, und meine Mutter nahm sie mit in den Laden, weil sie nicht eine Minute, nicht mal eine Sekunde, dieses Lebensjahres meiner Schwester verpassen wollte. Die Nachbarn holten die Trauerkleidung aus dem Schrank und legten sie neben das Bett, weil jeden Augenblick die Glocken läuten konnten, um Noras Tod zu verkünden. Selbst Antón hatte eine Predigt vorbereitet, und der Bürgermeister hatte schon einen Trauertag bestimmt. Aber meine Schwester machte keine Anstalten, in diesem Jahr aus der Welt zu scheiden, und an ihrem Geburtstag glaubte ich, in den Gesichtern meiner Eltern so etwas wie Überdruss zu sehen. »Was ist los mit euch, dass ihr nicht die Ratsche hervorholt, um Noras großen Tag zu feiern?«, fragte ich, denn sonst machten wir an Noras Geburtstag immer einen Höllenlärm, das Einzige, auf das sie reagierte. Sie konnten mir keine Antwort geben, aber ich bin ja nicht dumm und verstand auch so, dass sie sich heimlich wünschten, Noras Leben wäre zu Ende gegangen. Nicht, weil sie sie nicht liebten, sehen Sie mich nicht so an, Señor, sondern weil das eben so ist, wenn man erschöpft ist vom vielem Warten auf etwas, was nicht kommt. Und je öfter der Arzt ihnen in Noras folgenden Lebensjahren sagte, er könnte beim besten Willen nicht sagen, ob ihre Tochter die vom Schicksal vorgesehene Lebensspanne erreichen würde, desto gebeugter wurden die Schultern meiner Eltern. »Sicher ist nur«, fügte der Arzt jedes Mal hinzu, »dass sie sich immer weniger wird bewegen können und irgendwann bettlägerig sein wird.« Und deshalb sagte ich an Noras fünfzehntem Geburtstag zu ihr: »Nora, du hältst es hier ganz alleine mit uns aus.«

Wissen Sie, Señor, als ich so den seltsamen Körper meiner Schwester betrachtete, kam mir der Gedanke, dass Nora in Wirklichkeit ein Gefäß ist. Die Abgeschlossenheit von der Luft hat sie in Ton verwandelt, Señor. In ein Gefäß, das alles im Leben aufnimmt, meine ich. Wir anderen, Sie, ich, meine Mutter, Javier und alle anderen aus dem Dorf verdauen und verarbeiten unsere Gefühle. Aber Nora nimmt sie auf, ohne dass sie in sie eindringen, sie durchdringen, und dann irren sie umher wie verwirrte Maulwürfe. Wussten Sie, dass Maulwürfe sich, wenn sie verwirrt sind, nicht einmal am Geruch nach Fressen orientieren können? Stattdessen graben und graben sie immer weiter, ohne zu wissen, wo sie am Ende herauskommen werden. Und genau so stelle ich mir Noras Existenz vor, Señor. Wie ein blindes kleines Tier, das in der Erde wühlt, ohne zu wissen, ob der Norden oben oder unten ist.

Sehen Sie, Señor, als ich fünfzehn wurde, war die Welt für mich nicht zu Ende, sie veränderte nur ihre Form. Ich sagte Javier wieder, dass ich ihn mochte, dass ich ihn wirklich wirklich gerne mochte, so eindringlich, wie ich manchmal rede, wenn ich versuche, eine Wahrheit noch wahrer klingen zu lassen, wenn ich deutlich machen will, dass das, was ich sage, für alle Zeiten gilt, denn auch wenn

Sie sich vielleicht nicht daran erinnern, Señor: Mit fünfzehn ist das Leben endlos und die Gefühle sind wie Kaugummi, der nie den Geschmack verliert, egal, wie heftig man auf ihm herumkaut. Also sagte ich ihm noch einmal, dass er mir gefiel, und das klang so ernst, dass Javier mich auf den Mund küsste und ich noch tagelang seinen Speichel auf meinen Lippen spürte. Und ich strahlte, nahm seine Hand und legte sie auf meine Brust, auf meine Titte, Señor, denn meine Titten sind stramm, im Gegensatz zu denen von Nora, und Javier küsste mich heftiger, und Esteban, der vom Platz aus zusah, wie unsere Lippen aufeinandertrafen, schrie zu uns herüber: »Alle Liebenden sind Soldaten in einem Krieg!« Dann gingen wir zu dem verlassenen Haus, das mal Jimenas Haus gewesen war, ich habe Ihnen ja schon erzählt, dass es als Liebesnest diente, und warfen uns dort aufs Bett, Javier, der ein Erdbeerbaum ist, und ich, die ich keine Pflanze, sondern etwas anderes bin, und auf dieser Matratze wurde Javier zu einer Weide, zu einer Trauerweide mit kräftigem Stamm, aber bis zum Boden hängenden Zweigen, so behutsam liebkoste er meinen Körper, und ich, die ich ein wildes Tier bin, kletterte auf diesen Baum, der Javier war, wie eines von diesen Eichhörnchen, die es überall gibt, wo es trocken ist. Und wenn ich jetzt so darüber nachdenke fühlte ich trotz der wenigen Liebe, die Javier mir geben konnte, wie die begehrenswerteste Fünfzehnjährige von ganz Spanien. Von ganz Spanien, Señor, denken Sie nur, und von halb Frankreich noch dazu.

Der Herr sieht mich an, und ich kann seinen Blick nicht deuten. Sehen Sie mich nicht so an, Señor, sehen Sie mich gar nicht an. Und der Herr, dessen Ohren an den Rändern ganz rot sind, sieht rasch von mir weg.

Ich will damit sagen, Señor, dass wir uns, obwohl Javier wenig von mir will, an diesem Nachmittag auf dieser Matratze zum ersten Mal liebten. Anschließend ging er zu sich nach Hause – das war, bevor seine Mutter im Wald verschwand –, und ich ging zu mir nach Hause. Als ich zur Tür hereinkam, sah ich, dass meine Eltern auf dem Sofa eingeschlafen waren und Nora die Spucke aus dem Mund lief, weil meine Schwester ständig einen entzündeten Mund hat. Während ich versuchte, ihre Zähne auseinander zu kriegen, um ihr blutendes Zahnfleisch zu verarzten, erzählte ich ihr, was an diesem Nachmittag in Jimenas Haus passiert war. Ich erzählte ihr sogar, dass ich die Welt seitdem in anderen Farben sah, dass ich sie vorher in gedämpften Farben gesehen hatte und sie jetzt leuchtete und leuchtete. Und ich erinnere mich, dass mir an diesem Junimorgen, während ich den schlaffen Körper meiner Schwester betrachtete und auf einen Schrei wartete, klar wurde, dass sie diese Art von Liebe nie kennenlernen würde. Lust, Señor, wissen Sie, was ich meine? Die wird sie nie kennenlernen, und ein Leben ohne Lust ist wie ein sehr steiler Berg.

»Nora, liebst du mich?«, fragte ich, ohne eine Antwort zu erwarten. Und meine Schwester zitterte ein wenig, weil sie fror. »Nicht zittern, Nora, ich ziehe dich schon an.« Und als ich meine Schwester so in ihrem Bett liegen sah, so hilflos, so vergessen, so still, da wusste ich, dass ich weggehen würde, wenn mein Leben ein anderes wäre, weit, weit weg, Señor. Aber anderes kenne ich nicht. Ich weiß, wie man Tomaten und Pflaumen auslegt. Ich weiß, wo im Laden der beste Platz für die Bananen ist, damit sie nicht so schnell braun werden, und wie man ein Huhn so drapiert, dass es ansehnlicher und weniger abschreckend aussieht. Ich kann pflügen und melken, ich könnte Vieh hüten, und wenn ich wollte, könnte ich Antóns Glocken läuten, und natürlich könnte ich in Javiers Bar arbeiten, denn das habe ich schon ein paar Mal gemacht. Ich weiß, wie man einer zweiundzwanzigjährigen Frau die Windeln wechselt, ich weiß, wie man Noras Hintern so säubert, dass er nicht wund wird, und ich weiß, wie man ihre Beine massiert, damit sie nicht taub werden. Ich weiß, wie man sie füttert und ihre Entzündungen versorgt und ich kann ihr Medizin geben, wenn sie Bronchitis hat, ich kann sie dazu bringen, stillzuliegen, wenn ich sie spritzen muss, denn Nora bekommt Spritzen, weil sie oft so lange still liegt, dass ihr Blut stockt, Señor.

Das alles kenne ich, und mein Platz ist hier. Die Vorstellung, dass meine Mutter stirbt und Nora am Leben bleibt, macht mir große Angst, aber als ich meine Schwester so still in ihrem Bett liegen sah, verstand ich, dass meine Mutter mich geboren hatte, damit ich ganz allein mit Nora zurückbleibe. Vielleicht ist Einsamkeit erblich und man kann seinem Erbe nicht entrinnen und wir müssen so einsam sein, wie Jimena es war. Weil es unser Erbe ist, Señor, oder weil es uns im Blut liegt oder irgend so etwas, von diesen Dingen verstehe ich nichts. Dann wieder frage ich mich, warum ich denn überhaupt weggehen soll, wenn ich hier doch immer noch geliebt werde. Vielleicht lernt Javier ja noch, mich zu mögen oder mit mir zusammen sein zu wollen, nicht aus Gewohnheit, sondern aus Liebe. Liebe, Señor, Liebe ist alles, was ich will, und hier habe ich sie, hier habe ich sie wirklich. Also erklärte ich Nora voller Überzeugung, dass die Neuen nicht geschrien hatten und mir das die Möglichkeit gab, schnell hinzulaufen und die toten Hasen wieder einzusammeln, um das Kriegsbeil zu begraben. »Und das *Missraten*, ich weiß nicht, Nora, vielleicht geht das mit der Zeit von alleine weg, oder besser noch, es geht nicht weg, sondern bleibt; es ist gut, wenn die Fehler erhalten bleiben, die man im Leben gemacht hat, um einen an sie zu erinnern und zu verhindern, dass man sie immer wieder aufs Neue macht. Aber wer wird sich um dich kümmern, Nora?«

Der Herr mustert mich ein wenig beunruhigt, und ich lasse ihn noch mal an meinem Joint ziehen. »Ist Ihnen inzwischen ein bisschen kühler, Señor?«, frage ich, und er nickt. Ich erzähle ihm das alles, damit er hinterher was zu berichten hat, manchmal weiß man ja nicht, worüber man reden soll. Und ich muss das Ganze loswerden, damit es sich verkapselt, denn es ist stärker als Kummer, es ist Schmerz, und wozu sind Schmerzen schon gut, außer, um über sie zu reden? Der Herr sieht mich an, und ich glaube, sein Blick ist sanft, aber ich achte kaum darauf. Ihr Hund ist schon ganz schön lange weg, sage ich, aber machen Sie sich keine Sorgen, Ihr Hund ist nicht dumm und weiß, dass er sowas wie unsere Hasen nicht alle Tage bekommt. Wir sehen auf den Wald.

Ich lade mir Nora auf dem Rücken, lege ihre Arme um meinen Hals und schleife sie hinter mir her die Treppe hinunter, ganz vorsichtig, Señor, damit sie sich nicht weh tut. An dem Tag trug ich sie runter ins Wohnzimmer und gab ihr ein Stück Obst. Dann setzte ich sie vor den Fernseher und schaltete den Sender ein, in dem den ganzen Tag Musikclips laufen. Sie spielten gerade das Lied, in dem es heißt *Wer steuert mein Boot, wer?*, und ich fand, das passte perfekt, denn später heißt es dann *Bitte mich, worum Du willst, und ich gebe es dir, ich gebe es dir*. Der Hund der Nachbarn war auch schon wieder da und schnüffelte herum. »Bleib hier bei ihr sitzen, Hund«, sagte ich zu ihm, »und wenn irgendwas ist, dann bellst du.« Ich sagte das Gleiche zu ihm wie damals, als mein Vater starb, genau das Gleiche. Und als ich die Haustür öffnete, lagen auf der Fußmatte sechs Kartoffeln und acht Karotten, an denen noch Erde hing. Die waren von Marco, Señor, ich habe Ihnen ja schon erzählt, wenn er es zu weit getrieben hat, legt er mir die schönsten Entschuldigungen vor die Tür.

Ich weiß nicht, Señor, ich weiß wirklich nicht, wie ich Ihnen all das erklären soll, was danach passierte. Als ich auf dem Platz ankam, sah ich Antón, den Pfarrer, lächelnd und mit ausgebreiteten Armen aus der Kirche kommen. Ich ging zu ihm hin und sagte: »Was ist los, Antón?«, und er hob den Blick zum Himmel und sagte: »Welch unbändige Freude, Kleine Lea.« Und dann sah ich, wie hinter Antón Catalina aus der Kirche kam und hinter ihr ging ihr Vater, der Säufer, der sie so selten aus der Wiege geholt hatte, Arm in Arm mit Juana. Ich traute meinen Augen nicht, und Anton sagte immer wieder, welch unbändige Freude, welch unbändige Freude, ich habe schon seit Jahren keine Trauung mehr abgehalten, und nun gibt es in diesem Dorf endlich eine Hochzeit. Verblüfft ging ich zu Catalina. Sie trug ein rotes, nicht einmal knielanges Kleid und sagte niedergeschlagen: »Ich weiß nicht, Lea, ich verstehe die Welt nicht mehr« Dann kam Juana zu mir herüber und sagte, du hattest recht, du hattest recht, Gott beugt uns, aber er bricht uns nicht. Ich verstand immer noch nichts, Señor. Catalina erzählte mir, wie ihrem Vater schon am ersten Tag des Schneesturms der Alkohol ausgegangen war und er in seiner Verzweiflung von Haus zu Haus gegangen war und die Leute um einen Schluck angebettelt hatte, um irgendwas, und alle sagten nein, nein, nein. Alle hüten sich nämlich vor Catalinas Vater, Señor, weil er manchmal Feuer legt und einmal, als er ein Gestrüpp abbrennen wollte, beinahe Marga verbrannt wäre, die aus der Apotheke in Pueblo Grande. Er ging also von Haus zu Haus, bis er bei Juana angelangt war, und dort rief er von draußen: »Juanita! Juanita!« Er dachte, wenn er sie so riefe, würde sie ihm die Tür aufmachen, weil anscheinend ihr Bruder sie immer so genannt hatte. Und tatsächlich kniff sie vor Rührung die Augen zusammen und ließ ihn rein. Sie gab ihm Bier und Wein zu trinken und sie fingen an zu reden und fanden heraus, dass sie beide das Lied mochten, in dem es heißt *In Stille, Liebste, will ich jetzt meine Tränen weinen*, und ach, ich bin ja so traurig und ach, ich muss immer noch weinen, und ich erinnere mich noch an deine Frau und ich erinnere mich noch an deinen Bruder, und sieh mal, hier ist noch Wein und oh ja, ich liebe Wein, und wollen wir nicht tanzen, Antonio, wollen wir nicht tanzen, und dann legte Juana dieses Lied auf, *Ich habe eine Katze namens Mond*, und sie tanzten langsam, und sie fand in ihm die Liebe, die sie nie gekannt hatte, die Liebe, von der sie nie gedacht hatte, dass sie sie einmal erleben würde, die Liebe, von der sie gedacht hatte, sie wäre nur für die anderen bestimmt, und er fand in Juanas Schoß die Liebe, die er vergessen hatte, die Liebe, von der er gedacht hatte, dass er sie nicht mehr verdiente, die Liebe, von der er gedacht hatte, dass er sie nur noch für die Flasche empfand. Und so wurde aus einem Zweckbesuch eine sechstägige Liebe, die sich anfühlte wie mehr als hundert Jahre. Und als er zu ihr sagte: »Juanita, wenn die Welt untergeht, will ich, dass wir zusammen untergehen«, war sie so verzückt, dass sie sagte ja, ja, ja, sobald es aufhört zu schneien, heiraten wir, denn ich will diese Welt nicht verlassen, ohne die Ehe ausprobiert zu haben. »Ich weiß nicht, Lea, ich verstehe die Welt nicht mehr«, sagte Catalina, und dann erzählte sie mir noch, wie sie sechs Tage lang mutterseelenallein zu Hause gesessen hatte, und ich dachte: »Umso besser, Catalina, umso besser«, aber das sagte ich ihr nicht, und Catalinas Tränen sprudelten nur so, als sie jammerte, warum ihr Vater denn nicht sie lieben könnte, wenn er schon jemanden lieben wollte. Von Gejammer kriege ich schlechte Laune, Señor, es geht mir auf die Nerven, und mein Magen fängt an zu brennen, also sagte ich müde zu ihr: »Wann wirst du endlich aufhören, so wehleidig zu sein, Catalina.«

Antón läutete die Glocken, um die Trauung zu verkünden, und die überraschten Dorfbewohner kamen aus ihren Häusern, applaudierten und schrien; »Hoch! Hoch! Hoch!« Catalinas Vater trocknete sich mit einem Spitzentaschentuch die Freudentränen, und alle drängten sich um das Brautpaar, fragten durcheinander, schleppten Brot herbei und tranken Wein und schrien dabei immer wieder: »Hoch! Hoch! Hoch!« Aber schon bald kamen die Männer zu Juana und sagten: »Vorsicht mit dem Kerl, der trinkt zu viel«, und die Frauen warnten ihn: »Wehe, du krümmst Juana auch nur ein Haar.« Meine Mutter brachte einen hastig zusammengestellten Korb, einen kleinen Korb mit ein paar frischen Erdbeeren und Pflaumen, die hier bei uns ganz wunderbar gedeihen. Und ich verdrückte mich bei der erstbesten Gelegenheit, um zu Jimenas Haus zu gehen und die Hasen einzusammeln.

Auf dem Weg dorthin sah ich Javier, der vom Friedhof kam, gemächlich wie immer, die Hände in den Hosentaschen. Er sah mich von Weitem und kam auf mich zu. »Was will der schönste Mann im Dorf?«, rief ich, und er senkte verlegen den Kopf, weil er nämlich schüchtern ist, Señor. »Soll die Welt doch untergehen, Lea«, sagte er, als er vor mir stand, und ich sagte: »Was redest du denn da, Javier?« »Diese Nachricht, die du mir geschickt hast«, sagte er, »soll die Welt doch untergehen, meinetwegen kann sie untergehen.« Aber ich bemerkte, wie blass er war, und sah die Unruhe in seinen Augen. »Was ist los mit dir, Javier?« Ich habe Ihnen ja schon erzählt, Señor, dass Javier zuerst die Zähne zeigt und dann zubeißt, und jetzt biss er zu, in meine Augen, die ihn liebevoll ansahen. »Was ist los, Javier, was ist los?«

Javier setzte sich auf eine Bank, von der aus man aus den Augenwinkeln den Haufen toter Hasen auf der Türmatte der Neuen sehen konnte, und als er anfing zu reden, sah ich die ganze Zeit hinüber, ob sie rauskommen und die Hasen entdecken würden. »Sie sollen sie nicht sehen, bitte, bitte, sie sollen sie nicht sehen«, dachte ich. »Lea, ich glaube, die Welt geht vielleicht wirklich unter«, sagte Javier. Und ich sagte: »Was redest du denn da.« Und er: »Doch, doch, weißt du noch, wie mir einmal eine Ziege erschienen ist, die mein Vater war? Na ja, und jetzt ist mir in den letzten sechs Tagen, als ich allein in meinem kleinen Haus saß, meine Mutter erschienen.« Und da sah ich Javier direkt an, Señor, sein Gesicht mit den spärlichen Barthaaren und den Stellen, an denen kein einziges Haar wächst. Wie auf dem Land, ist Ihnen schon mal aufgefallen, Señor, dass es auf dem Land Stellen gibt, an denen nicht ein einziger Baum wächst? Weil sie an dieser Stelle keine Wurzeln schlagen können, und genau so sind die Wangen von meinem schönen Javier. »Ich weiß nicht, was los ist, Lea, aber ich schwöre dir, meine Mutter, die weggegangen ist und sich nie mehr gemeldet hat, von der die Leute erzählen, sie wäre im Wald verschwunden, was ich nie glauben wollte, war die letzten sechs Tage bei mir im Haus. Vorher war ich mir nicht sicher, ob meine Mutter wirklich tot ist, ich dachte immer, sie wäre bloß weggegangen und wollte nicht wiederkommen, aber jetzt weiß ich, dass sie tot ist, denn als ich heute Morgen ins Auto steigen wollte, Lea, um so schnell wie möglich zur Bar zu fahren, weil ich seit so vielen Tagen nicht aufgemacht habe, dass ich nicht weiß, ob das Geld für sie den Monat reicht, da lag auf meiner Türmatte ein neugeborenes Fohlen. Und dieses Fohlen bringe ich nicht zu dir, Lea, denn Ziegen mag ich nicht, aber meine Mutter liebe ich. Es ist bei mir zu Hause, ich habe es mit der Schnur angebunden, die man zum Garbenbinden benutzt, weil ich kein dickeres Seil hatte. Zu Hause, im Dunkeln, habe ich mir oft eingebildet, in den Ecken schemenhaft meine Mutter zu sehen, in den Kleidern und Schuhen, in denen sie fortging. Ich habe sie immer angesprochen, weil ich dachte, dann würde sie vielleicht nicht mehr weggehen, aber heute Morgen war sie verschwunden, und stattdessen lag da das junge Tier. »Was hast du zu ihr gesagt, Javier, was hast du gesagt?«, fragte ich. Ich war völlig fassungslos, Señor, ich dachte, er wäre verrückt geworden, hätte in der langen Abgeschiedenheit den Verstand verloren. »Vielleicht kommt das alles von dem Stress, weil du die Bar nicht aufmachen konntest, Javier.« »Nein, nein, nein, Lea, die Welt geht unter, und ich glaube, meine Mutter ist gekommen, um es mir zu sagen.« »Aber was hast du zu ihr gesagt, was hast du gesagt?« »Na ja, ich habe sie gefragt, ob sie gekommen wäre, um zu bleiben, ob sie tot oder lebendig wäre, ob sie wirklich in den Wald gegangen wäre und ob sie echt wäre oder nur eine von den Verschwundenen, die uns nachts beobachten. Und sie hat nie geantwortet, Lea, sie hat nicht reagiert und nicht gelächelt, nur langsam geblinzelt.«

Verstehen Sie jetzt, was ich Ihnen gesagt habe, dass in diesem Dorf die Toten nicht weggehen, dass in diesem Dorf die Toten umherwandern?, frage ich den Herrn, und der Herr denkt nach, er denkt nach, während er die hohen Bäume im Wald betrachtet.

»Als ich das Fohlen gesehen habe, Lea, ist mir wieder eingefallen, wie ich nicht hören wollte, was alle sagten, als meine Mutter verschwand, wie ich nicht glauben wollte, dass sie ganz allein in den Wald gegangen war, denn wer wollte sich schon verlaufen oder gar sterben? Nun, sie wollte es, anscheinend wollte meine Mutter es tatsächlich. Und weil ich beharrte, nein, nein, nein, meine Mutter ist nicht tot, haben sie keinen Pfahl für sie eingeschlagen. Aber jetzt, wo ich weiß, dass der Wald sie verschluckt hat, komme ich vom Namensfeld, wo ich einen Pfahl für sie eigeschlagen habe, einen Pfahl, in den ich den Kopf des Fohlens geschnitzt habe. Wenn die Welt untergeht, soll sie meinetwegen untergehen, dann kann meine Mutter in Frieden ruhen, und ganz ehrlich: Mit dem Geld, das mir für den Monat fehlt, was soll ich da noch mit der Bar, es geht sowieso alles zu Ende. Was für ein Glück, dass ich dich hier getroffen habe, Lea, du bist immer da, wenn ich auf der Suche bin.«

Du bist immer da, wenn ich auf der Suche bin – das war das Schönste, was Javier seit Jahren zu mir gesagt hatte, Señor, das Schönste, was er je zu mir gesagt hat, wenn ich es recht bedenke. Und es bestätigte das, was ich gedacht hatte, als ich meine Schwester so hilflos in ihrem Bett liegen sah. Es ist die Liebe, die ich suche, Señor, und hier habe ich sie, hier habe ich sie. »Wenn du wonach auf der

Suche bist, Javier?«, fragte ich. »Wenn ich auf der Suche nach irgendwas bin, egal wonach, dann finde ich dich.« Ich lächelte ihn an, und ohne dass ich es wollte, rutschte mir der Satz heraus: »Was siehst du, wenn du an mich denkst?« Und Javier: »Keine Ahnung, die Kleine Lea eben, die, die mich immer ›mein Schöner‹ nennt.« »Los, komm mit, diese Welt ist nicht tot, sie ist verrückt«, sagte ich. Und während wir gemeinsam das kurze Stück Weg bis zur Türmatte der Neuen zurücklegten und die Nachbarn immer noch die überraschende Hochzeit von Juana und Catalinas Vater feierten, hatte ich noch Zeit, an das zu denken, was Esteban an meinem fünfzehnten Geburtstag gesagt hatte: »Alle Liebenden sind Soldaten in einem Krieg.« Und vielleicht stimmt das ja, Señor, vielleicht bedeutet Liebe, auf einer Idee zu beharren, so wie in der Geschichte, die ich Ihnen erzählt habe, der von Anita und Julio und den Schafen, die sie in den Wald lockten, vielleicht heißt lieben einfach nur, auf einer Idee zu beharren.

»Hilf mir mal«, sagte ich zu Javier, und Javier, der selten fragt, lud sich die Hasen auf die Schulter, wie Marco es ein paar Tage zuvor getan hatte. Wir verteilten die Last der toten Hasen zwischen uns, als Catalina erschien, große Augen machte und fragte: »Was macht ihr denn da? »Wir sammeln das Zeug hier ein, das siehst du doch«, sagte ich. »Ihr seid mir ja zwei«, sagte sie. »Und du, was machst du hier?« »Ich bin hier, um Miguel abzuholen.« Da verstand ich, dass sie das rote Kleid nicht wegen der Hochzeit trug, sondern weil sie sich für Miguel schön gemacht hatte. »Und die Hühner?«, fragte ich. »Zu denen gehe ich noch, in den sechs Tagen sind sie wahrscheinlich sowieso erfroren, du wirst schon sehen.« »Es wäre besser für dich, sie sind gesund und munter, denn was wirst du sonst tun?« »Miguel wird mir Arbeit in der Käserei geben.« Javier stieß ein kleines Lachen aus, ein ganz leises, und Catalina legte los, sie wüsste gar nicht, was es da zu lachen gäbe und wir hätten sie sowieso noch nie ernst genommen und wir könnten sie nicht leiden und würden uns immer über alles lustig machen, was sie sagte, und so weiter und so weiter. Zum Teil hatte sie recht, Señor, denn Catalina ist wirklich dumm und hat keine Ahnung, wovon sie redet, und Sie wissen ja, dass man sagt, stille Wasser sind tief, und wenn das stimmt, ist Catalina flach wie eine Pfütze.

Während Javier sich wieder die Hasen auflud, sagte ich: »Nein, Catalina, es wird genauso kommen wie mit den Dolores, nach und nach werden sie uns ausnutzen. Siehst du denn nicht, dass die Leute aus der Stadt mit allen Wassern gewaschen sind und dass sie hierher kommen und denken, sie wissen alles besser, und wir sind die Dummen?« »Nein, nein, nein, Lea, die hier sind anders, Miguel mag mich, er hat gesagt, er bringt mir alles bei, und ich will lieber lernen, wie man Käse macht, als wie man Hühner füttert, und er bezahlt mich auch besser«, und Javier sagte »Aber Catalina, er ist verheiratet und hat ein Kind.« »Du verstehst das nicht, Javier, du weißt nicht, dass sie hierher gekommen sind, weil sie einen Liebhaber hatte, sie hat ihn betrogen und liebt ihr Kind nicht. Sie fasst es nicht an und zieht es nicht an. Sie mag es nicht, liebt es nicht. Und sie sind hierher gekommen, um noch mal ganz von vorne anzufangen, aber er kann nicht, er kann nicht, er kann nicht, er sagt, irgendwas zwischen ihnen ist gestorben. Aber er muss es natürlich versuchen, für sein Kind, für seinen Sohn.« »Wo hast du denn das alles her, Catalina?«, fragte ich stirnrunzelnd. »Er hat es mir erzählt, und dass sie ihr Kind nicht liebt, das haben mir Marga und Marcela gesagt, weil sie durch das Fenster gesehen haben, wie verächtlich sie es ansieht. Wenn die beiden an dem Haus vorbeigehen, lugen sie nämlich immer hinein, und weil die Rollläden immer hochgezogen sind, sehen sie aus Neugier zu, was da drinnen passiert, und sie haben mir gesagt, dass sie das Kind niemals küsst.« Javier seufzte resigniert, und ich wollte Catalina gerade sagen, dass das alles dummes Zeug war und dass jeder vor seiner eigenen Tür kehren sollte, als die Tür von Jimenas Haus aufging und die blonde Frau erschien. Sofort spannte sich mein Körper an, Señor, und in meinem Geist sah ich wieder ein Tier vorbeitrotten, aber dieses Mal erkannte ich ein bisschen besser, was ich fühlte, und ich sah Angst, Neugier und sogar ein klein wenig Bewunderung. Ja, Señor, das war es, was ich fühlte, sehen Sie mich nicht so an, sehen Sie mich gar nicht an.

»Ist der Ruf erst ruiniert, lebt sich's völlig ungeniert«, zischte Catalina, laut genug, dass die Frau es hören konnte. Und ich sagte zu ihr, ohne die Frau aus den Augen zu lassen: »Halt den Mund, Hinkebein, du hast ja keine Ahnung.« Die Frau kam heraus, das Kind auf dem Arm. »Siehst du, wie sie ihn hält, siehst du, wie sie ihn hält, ist das nicht eine Schande?« »Ich sagte, halt den Mund, Catalina!« Und Javier lächelte die Frau an und sagte: »Guten Tag, ich hoffe, Sie haben den Schnee gut überstanden«, wie man das hier nach einem Unwetter so sagt. Die Frau lächelte leicht, und ich sah sie mit meinen Augen einer Dörflerin an und ging auf sie zu, aber nur ein bisschen, Señor, nur ein kleines Stück, weil man manchmal seinen Zorn einfach nicht im Zaum halten kann, und sagte »Du hast *Missraten* an meine Hauswand geschrieben.« Und sie sah mich ernst an, sehr ernst, Señor. »Lea, so heißt du doch, nicht wahr?« Ich rührte mich nicht. »Wenn du das nächste Mal was vor unsere Tür legen willst, klingel vorher, denn bei jemandem vorbei zu kommen, ohne guten Tag zu sagen, das ist wirklich missraten«, sagte sie, und dann: »Wenn du gestattest.« Sie zeigte, dass sie genau da vorbeigehen wollte, wo ich stand. Ich hätte mich schuldig fühlen können oder wütend, weil sie die toten Hasen gesehen hatte, aber stattdessen fühlte ich, wie mein Magen wieder anfing zu brennen, weil ich an ihrem Tonfall und ihren Gesten und ihrer ganzen Art, Señor, ihrer ganzen Art erkannte, dass sie das nicht gewesen war mit dem *Missraten*. Ich kann Ihnen nicht sagen, was es war, Señor, das mich ganz sicher machte, dass sie sich nicht die Hände schmutzig gemacht hatte, um das an meine Wand zu schreiben.

Und als die blonde Frau fast bei der Kirche angelangt war, klingelte Catalina, und Miguel kam heraus. Ich sah, wie er sie ansah, und es stimmte, Señor, Miguel mochte Catalina. Das merkt man, Señor, man merkt, wenn ein älterer Mann sich für eine Neunzehnjährige interessiert, und ich weiß ja nicht, wie Sie darüber denken, aber ich muss gestehen, dass es mir den Magen umdreht. Ich sah, wie er sie ansah, und wusste, dass er sich vorstellte, ihr den Slip auszuziehen, und deshalb ging ich kurz entschlossen auf die beiden zu, bevor sie zusammen verschwinden konnten, und sagte zu ihm, wobei ich versuchte, den Tonfall seiner Frau nachzuahmen, diese blasierte Art, die so typisch für die Stadt und so untypisch für ein kleines Dorf wie unseres ist, ich sagte also zu ihm »Miguel, so heißt du doch, nicht wahr? Du willst ihr also beibringen, wie man Käse macht?« Und er nickte, und ich glaube, er sagte auch etwas zu mir, aber ehrlich gesagt, weiß ich nicht mehr, was, Señor. »Dann hoffe ich nur, wenn du genug hast vom Käsemachen, kommst du nicht auf Idee, Schweine zu züchten, denn hier bei uns werden Schweine geschlachtet.« Und als er mich fragen wollte, was ich damit meinte, bellte der Hund der Nachbarin los, laut, wie ich es ihm befohlen hatte. Ich kam nicht mehr dazu, ihm zu sagen, dass er Catalina gefälligst nicht anrühren sollte, dass er ihr keine falschen Hoffnungen machen und ihr nicht weh tun sollte. Stattdessen nahm ich Javier bei der Hand und sagte »Lass uns gehen, bestimmt hat Nora wieder die Windeln voll.«

Hand in Hand gingen wir an den Dorfbewohnern vorbei, die immer noch Hochzeit feierten, und als ich Catalinas Vater sah, der gerade sang *Wie hübsch ist mein Mädchen, wie hübsch, wenn es schläft*, wurde ich langsamer, und Javier zog mich sachte weiter, wie um mir zu sagen, dass ich schnell nach Hause musste, dass der Hund bellte, aber ich blieb stehen, überrascht von dem ungewohnten Anblick, um Catalinas Vater zuzuhören. Vielleicht verstehen Sie das nicht, Señor, ich weiß es nicht, ich weiß nicht, was Sie denken, aber es war ungewohnt, Catalinas Vater glücklich zu sehen. Ich musste wieder an den Satz von Esteban denken, dass alle Liebenden Soldaten in einem Krieg sind. Und das war Catalinas Vater gewesen, Soldat in einem Krieg, und als seine Geliebte umkam, war er nicht mal fähig, sich um die Tochter zu kümmern, die ihr Augapfel gewesen war, er schaffte es nicht, Señor, er war dazu nicht in der Lage. Und glauben Sie nicht, dass ich damit seine mangelnde Liebe für seine Tochter entschuldigen will, ganz im Gegenteil, ich verdamme ihn dafür.

Als wir bei mir zu Hause ankamen, war mit meiner Schwester alles in Ordnung, und ich schimpfte den Hund aus: »Du darfst mich nicht erschrecken, Hund, nicht erschrecken, letztes Mal, als du gebellt hast, war mein Vater tot.« Dann sagte ich zu Javier: »Sieh nur, wie hübsch meine Schwester ist, hilf mir mal, sie in ihren Stuhl zu setzen.« Gemeinsam hievten wir Noras Körper in den Rollstuhl. »Jedes Mal, wenn ich sie sehe, habe ich das Gefühl, es geht ihr schlechter«, sagte Javier, »wie eine schmutzige Serviette, die mit der Zeit hart wird.« »Was weiß ich«, entgegnete ich, »für mich sieht sie aus wie immer.« Ich sagte ihm nicht, dass er recht hatte, Señor, dass ihr Körper von Tag zu Tag mehr Pappe als Haut war. Ich nahm Nora mit zu Javier, und er schob den Rollstuhl über das Pflaster, und ab und zu fluchte er und sagte »Was gebt ihr diesem Mädchen bloß zu essen« oder »Unfassbar, wie schwer Nora ist« oder »Ich weiß nicht, wie deine Mutter das mit ihr schafft.« Das macht die Gewohnheit, Javier, wir schleppen sie schon ein Leben lang wie ein Schaf hin und her, da haben wir uns daran gewöhnt. Wir wollten uns das Fohlen ansehen, das seine Mutter war, die Mutter, die ihn immer geliebt hatte, die Mutter, die den Wald gewählt hatte. Vielleicht hatte seine Mutter sich genau wie ich in den vier Straßen mit Kirche und Dorfladen eingesperrt gefühlt. Seine Mutter, die jetzt ein Fohlen war, war auch Soldat in einem Krieg gewesen, in dem ihr Geliebter umgekommen war, ihr waren gleich zwei Geliebte weggestorben, Javiers Vater und der Mann, der dann Javiers Vater wurde und nach seinem Tod eine Ziege war und den Javier einfach nicht lieben konnte.

Ich muss gestehen, als ich das mit einer dünnen Schnur festgebundene Fohlen sah, war etwas in seinem Blick, das mich an die Frau erinnerte, die Javiers Mutter gewesen war. Denn Javiers Mutter war anders als meine Mutter. Meine Mutter hat dunkle Haut und einen schwermütigen Blick, seine Mutter hatte eher schmale Augen und einen leidenschaftlichen Blick. Damit will ich nicht sagen, dass es im Leben meiner Mutter keine Leidenschaft gäbe, nein, ich meine, dass meine Mutter eine Schwermut besitzt, die Javiers Mutter nicht hatte. Aber meine Mutter hat eine Leidenschaft für die kleinen Dinge und strahlt die Schönheit eines Menschen aus, der noch unerfüllte Träume hat. Ich weiß nicht, was für Träume das sind, Señor, denn darüber spricht meine Mutter nicht mit mir. Also, jedenfalls hatte dieses Fohlen schmale Augen und einen leidenschaftlichen Blick, so, als wollte es sagen »Ich fürchte mich vor nichts.« Und es stimmt: Als es seinen Sohn ansah, verströmte es Liebe. Ich habe Ihnen ja schon erzählt, dass Javiers Mutter meiner Mutter mit Nora half, und weil sie oft in die Stadt mit Meer fuhr, Señor, erzählte sie meiner Mutter, sie hätte einen guten Platz für Nora gefunden. Sie meinte ein Heim oder so etwas. Einen Ort, an dem Nora in der Gesellschaft von Menschen wäre, die nicht ihre Familie waren.

Meine Eltern konnten sich nie mit der Idee anfreunden, aber ich weiß noch, wie sie eines Abends darüber redeten: »Überleg es dir, Große Lea, ich will nur, dass du darüber nachdenkst, vielleicht wäre es eine Erleichterung, vielleicht wäre sie dort glücklich.« »Red keinen Unsinn, wenn deine Tochter glücklich sein soll, dann hier bei uns, und außerdem: Was will diese Frau damit andeuten? Dass ich nicht gut genug für mein Kind sorge?«

Ich glaube, Señor, dass jetzt, wo die Zeit vergangen ist, jetzt, wo Nora mehr Frau als Kind ist, die Schwermut in den Augen meiner Mutter daher kommt, dass sie das Angebot der Frau, die jetzt ein Fohlen ist, ausgeschlagen hat. Denn hätte meine Mutter es angenommen, hätte sie mehr Zeit für die Erfüllung ihrer Träume gehabt, die ich immer noch in ihren Augen sehe, auch wenn sie sie mir gegenüber mit keinem Wort erwähnt, vor allem aber glaube ich, dass meine Schwester dort tatsächlich glücklich gewesen wäre. Das Fohlen sah Nora an, und ich bildete mir ein, das Tier hätte etwas zu mir gesagt wie »Dieses Mädchen ist eine lebende Tote«. Ich will nicht, dass Sie denken, Señor, meine Schwester wäre eine Last, eine Plage, nein, nein, nein, meine Nora ist ein Licht, aber ein Licht hinter einem Schleier. Ich sage nur, dass es meiner Familie im Laufe der Jahre die Seele zerriss, dass wir es versäumt haben, etwas für unser Glück zu tun. Nur das, Señor. Und der Herr sieht mich an und lächelt. Und ich sehe den Wald an.

»Lea, darf ich dich küssen?«, fragte Javier, nachdem er eine Zeitlang seine Mutter beobachtet hatte. »Hier, vor Nora?«, fragte ich zurück. Ich war nervös, Señor, sehr nervös. »Ich glaube, das ist ihr egal«, sagte er. Ich sah meine Schwester an, deren Unterkiefer wieder herunterhing und die uns ansah. »In Ordnung.« Und Javier küsste mich auf den Mund, hierhin, mehr auf diese Lippe als auf die hier. Und wieder hatte ich noch tagelang den Geschmack seines Speichels auf den Lippen. Ich wurde rot wie die Sonne am Nachmittag. Und damit gab ich mich zufrieden, Señor, mit einem Kuss von Javier vor Nora, der lebenden Toten, vor seiner mit einer dünnen Schnur angebundenen Mutter, und mit einem Brennen im Magen, an das ich mich wohl oder übel würde gewöhnen müssen, weil Marco recht hatte: Ich kann nicht von hier fortgehen.

DER FURCHTSAMSTE MANN DER WELT

Von da an bat mich Javier immer öfter um einen Kuss, und wenn wir nachmittags in der Bar waren, spürte ich seinen Blick auf mir, selbst wenn er an den Tischen bediente, als wäre ihm jetzt, wo das Fohlen immer noch bei ihm lebte, plötzlich klar geworden, dass er etwas für mich empfand. Und ich, Señor, ließ mich vom schönen Javier küssen, weil er mein Herz besaß, seit ich klein war, und eine Zeitlang schob ich den Gedanken wegzugehen beiseite. Ich begnügte mich mit seinen halbherzigen Zärtlichkeiten, stellte mir ein Leben mit ihm und Nora vor und dachte, dass die Langeweile vielleicht erträglicher würde, wenn ich Javier beim Schnitzen zusehen könnte. In Wirklichkeit war es mehr als alles andere ein Anzeichen dafür, dass die Welt auf ihr Ende zuraste, denn eigentlich hat Javier mich nie geliebt. Aber ich ließ den Dingen ihren Lauf und begnügte mich mit diesen vielversprechenden Küssen.

An diesen Nachmittagen in der Bar war es, als hätten wir alle uns verändert: Catalina weinte weniger wegen des Weltuntergangs; sie trug jetzt kurze Röcke und die T-Shirts ihrer toten Mutter. Die hatte ihr Vater immer vor ihr versteckt, damit sie nicht einmal daran schnuppern konnte, aber seit er verheiratet war, hatte er das Haus nicht mehr betreten, das immer muffig roch, nach einem Haus, in dem selten gelüftet wurde. Jetzt lebte er bei Juana, die so verjüngt war, dass sie die Bürde abschüttelte, Julitos

Schwester Juana zu sein, und einfach nur Juanita war. Catalina wohnte also allein in ihrem muffigen Haus, und wenn sie morgens alle Fenster aufmachte, hallte durchs ganze Dorf das Lied, in dem es heißt Mein Herz schmerzt vor lauter Liebe zu dir, weil Catalina sentimentaler ist als die Gedichte, die wir in der Schule lesen mussten. Auf jeden Fall trug sie jetzt die Kleider ihrer Mutter, und Marco trank mehr, als wir ihn jemals hatten trinken sehen, und gegen Abend geriet er regelmäßig mit den Idioten von Pueblo Grand aneinander, und das Ganze endete in einer Schlägerei. Am Anfang ging ich noch dazwischen, Señor, bis ich eines Nachmittags beim Versuch, zu schlichten, einen Fausthieb mitten ins Gesicht bekam. Es hat sich nie klären lassen, ob er von Marco stammte oder von dem Typen, mit dem er sich schlug. Am nächsten Tag lagen eine Portion Gras ganz für mich alleine und fast zwanzig Päckchen von meinem Lieblingskaugummi vor der Tür. Zum ersten Mal seit Monaten oder vielleicht seit Jahren boten wir jetzt ein anderes Bild, wenn wir an unserem Tisch in der Bar saßen. Aber es dauerte nicht lange, bis Ende Juli, da fingen Catalinas Tränen wieder an zu fließen.

Esteban, der meine Hündin erschossen hatte, hieß bei uns im Dorf »der furchtsamste Mann der Welt«. Er war nämlich früher mal verheiratet und hatte einen Sohn, der heute etwas jünger als meine Eltern wäre. Aber eines Morgen wollte Amparo, Estebans Frau, Unkraut ausreißen, das an ihrer Hauswand wucherte, Señor, weil Esteban sich beschwert hatte, diese Pflanzen wären so dunkel, dass er nachts Alpträume davon bekam. Es waren Schlingpflanzen, und sie waren schwarz, Señor, pechschwarz. Eines Tages ließ also seine Frau ihren Sohn Estebitan mit den Laken spielen, die sie im Hof zum Trocknen aufgehängt hatte, und fing an, die Fassade zu säubern. Und zur Essenszeit sagte Amparo, sie würde etwas in ihren Beinen spüren, und dann sagte sie, da wäre was in ihren Armen und dann in ihrer Kehle. »Ich ersticke, Esteban, ich ersticke«, rief sie ihrem Mann zu, und bevor Esteban fragen konnte »Was hast du denn, Amparito?«, fiel Amparito auch schon tot um, und Estebitan spielte mit den Röcken seiner am Boden liegenden Mutter. Esteban stand da, starr vor Angst und außerstande, seine Frau anzufassen. Minutenlang stand er einfach nur da, unfähig, sich zu rühren, unfähig zu reagieren, die Augen weit aufgerissen und voller Angst, bis ein vorbeikommender Nachbar Amparo mit dunkelrotem Gesicht und grünen Händen da liegen sah. Grün vom Tod, Señor. Sie trugen sie fort, und nach einiger Zeit kamen ein paar Herren aus der Stadt mit Meer ins Dorf, um die schwarzen Pflanzen mit Stumpf und Stiel auszurotten, die anscheinend bewirkten, dass man innerhalb weniger Stunden tot umfiel. Aber an keinem anderen Haus im Dorf fanden sie auch nur eine Spur dieser Schlingpflanze. Monatelang herrschte Trauer, Señor, weil Amparito bei allen beliebt gewesen war. Die Nachbarn kamen und gingen und redeten untereinander, dass Estebans Frau vielleicht noch am Leben wäre, wenn er weniger Angst gehabt hätte. Dann behaupteten böse Zungen, dass Esteban, obwohl er ein erwachsener Mann war, sich immer noch vor Alpträumen ins Bett machte, dass er sich sogar vor den Kaninchen fürchtete, vor den Schwalben und den hohen Bäumen. Esteban ist der furchtsamste Mann der Welt, sagte jemand.

Nachdem der erste Schreck verwunden war, versuchte Esteban zu vermeiden, dass irgendetwas seinen Sohn berührte, damit ihm nicht das gleiche geschah wie seiner

Mutter. Er trug den Jungen in einem vor seine Brust gebundenen Laken herum und schwor sich, der Pflanze auf die Spur zu kommen, die seine Frau getötet hatte. Den Jungen vor der Brust, streifte er am Waldrand herum und suchte den Boden ab, weil er davon überzeugt war, dass das Gift aus den Landas kam, und immer wenn er ein neues Gestrüpp mit merkwürdigen Farben oder einem außergewöhnlichen Wuchs entdeckte, oder eine Pflanze, deren Blätter in Richtung seines Hauses zeigten, schoss er mit seiner neu gekauften Flinte darauf, und Estebitan weinte.

Im Laufe der Jahre wurde das Leben für ihn immer schwieriger, Señor, weil er anfing, sich vor Sachen zu fürchten, die gar nicht zum Fürchten sind. Es verging kein Tag, an dem er sich nicht fürchtete, weil die Autos so schnell fuhren oder die Hasen so schnell liefen. Außerdem hatte er stets den Finger am Abzug und knallte Hunde ab, weil er sie für Wölfe hielt. So wie meine Hündin, Señor. »Irgendwann wirst du noch deinen eigenen Sohn erschießen«, sagten die Leute zu ihm, und so fürchtete er sich bald am meisten vor sich selbst und seiner Unfähigkeit, die Waffe wegzulegen. Er gab die Suche nach dem Giftefeu auf, stellte die Flinte neben seiner Haustür ab und machte sich daran, Estebitan aufzuziehen, der größer und größer wurde.

Als Estebitan groß war und ihm die ersten Haare auf der Brust wuchsen, beinahe so schwarz wie die Schlingpflanze, die seine Mutter getötet hatte, nannten die Leute ihn *den furchtlosesten Mann der Welt*, denn im Gegensatz zu seinem Vater hatte er vor nichts Angst und gab so wenig auf sich acht, dass alle fürchteten, ihm würde eines Tages ein Unglück zustoßen. Er lebte sein Leben, als könnte ihm nichts etwas anhaben. Als er achtzehn wurde, machte er sich auf die gleiche Suche wie sein Vater, und eine Zeitlang nahm er die Flinte mit und schoss wahllos ins Dickicht, aber das Problem war, dass ihm keine Pflanze giftig erschien, weil er ja vor nichts Angst hatte, und nach zehn Minuten in der Augusthitze kehrte er nach Hause zurück und fluchte: »Diese verdammte Sonne wird uns noch eher umbringen als der Wald.«

Estebitan fürchtete sich so wenig, dass ihm das Dorf bald zu klein wurde, und nachdem er sich lange genug unter der Sonne gelangweilt hatte, sagte er eines Tages zu seinem Vater: »Ich gehe, ich gehe«, und in seiner Eile, dem Dorf den Rücken zu kehren, packte er alle seine Habseligkeiten ins Auto und machte sich mit seiner Hündin Lima ohne einen Cent auf den Weg in die Stadt mit Meer. Anscheinend ging ihm unterwegs das Benzin aus, oder die Batterie war leer, jedenfalls machte er sich orientierungslos zu Fuß auf den Weg, den Wald immer zu seiner Linken, aber ohne zu wissen, ob er dahin zurückging, wo er hergekommen war, oder ob seine Schritte ihn in die richtige Richtung führten, und er lief und lief und lief, in der Hoffnung, irgendwann mal auf eine Ortschaft zu stoßen. Aber weil niemand weiß, dass es uns gibt, weil wir das Ende der Welt sind, das niemals kommt, war auf der Landstraße keine Menschenseele unterwegs, und so lief Estebitan stundenlang weiter, und sein Mund wurde immer trockener, ein entsetzlicher Durst ließ seinen Speichel zäher und zäher werden, bis er am Ende keinen Speichel mehr hatte, und nach und nach schrumpelten sein Gesicht und sein Körper zusammen wie eine Dörrpflaume. Er wagte nicht, im Wald nach Wasser zu suchen, denn jetzt, da er den Tod im Nacken spürte, hatte er plötzlich Angst vor allem, sogar vor seiner über alles geliebten Lima, und als die Sonne ihren Lauf fast beendet hatte, brach er tot zusammen, den Körper halb auf der Straße und halb auf dem Gebiet des Waldes. Niemand weiß, wie viel Zeit vergangen war, bis Lima zurück ins Dorf getrottet kam, und die Dorfbewohner machten sich auf die Suche, als hätte ihnen die Hündin die Geschichte in allen Einzelheiten erzählt. Als sie ihn fanden, waren seine Lippen ganz bleich, Señor, und niemand hat je erfahren, was tatsächlich passiert ist. Ich glaube die Geschichte, die ich Ihnen gerade erzählt habe, Wort für Wort, weil mir die Vorstellung gefällt, dass der furchtloseste Mann der Welt sich vor dem Tod fürchtete, Señor, aber manche Leute sagen, er wäre so furchtlos gewesen, dass er irgendwelche giftigen Früchte im Wald gegessen hätte und dann, genau wie seine Mutter, kurz darauf aufhörte zu atmen und tot umfiel. Auf seinem Grabstein steht: Estebitan, *der furchtloseste Mann der Welt*. Aber ich finde, sie hätten drauf schreiben müssen: Estebitan, *der Mann, der nichts fürchtete als den Tod*. Esteban war verzweifelt, und zwei Jahre lang schlug sein Herz so heftig, dass man es im ganzen Dorf hören konnte. Ich habe das nicht miterlebt, die Leute erzählen es nur, und sie sagen, dass sein Herz wegen des Unglücks so heftig schlug und weil er jetzt ganz alleine war.

Und dann geschah ein weiteres Unglück, das Catalina wieder zum Weinen brachte. Ende Juli kam Esteban, der sich ja schon beim Tod meines Vaters in den Fuß geschossen hatte, eines Tages ernst und traurig wie immer von der Weide zurück, als er plötzlich merkte, wie sein Herz, das bis jetzt so heftig geschlagen hatte, plötzlich aufhörte zu schlagen, und er packte seinen linken Arm und schrie ai, ai, ai und brach mit offenen Augen auf seiner eigenen Fußmatte zusammen. Miguel, der gerade von der

Käserei nach Hause ging, eine gut gelaunte Catalina an seiner Seite, sah es und eilte Esteban zu Hilfe. Er sagte: »Keine Sorge, der Arzt kommt gleich«, und Catalina, die ganze Sturzbäche heulte, sagte: »Hierher kommt der Arzt nur jeden zweiten Freitag, und heute ist Dienstag.« Da bekam Miguel Angst und lief los, um sein Auto zu holen, und bestimmt dachte er dabei, welcher Teufel hat mich bloß geritten, in diesen abgelegenen Winkel zu ziehen. Esteban, der noch reden konnte, sagte immer wieder »Ich habe Angst, ich habe Angst, ich habe Angst«, denn trotz allem Unglück wollte er weiterleben. Und Catalina, die nichts so sehr liebt wie Kummer und Leid, sagte den ganzen Weg zum nächstgelegenen Krankenhaus über »Mein Gott, mein Gott, mein Gott, niemand erlebt so viel Unglück wie wir, mein Gott, mein Gott, unsere Welt geht zu Ende.«

Sie lieferten ihn im Krankenhaus ab, und als das Dorf hörte, was passiert war, wurde alles für den Moment vorbereitet, in dem die Nachricht von Estebans Tod eintreffen würde. Javier schnitzte nächtelang an einem Sarg, in dem er sicher in der Erde ruhen könnte. Antón bestellte einen Grabstein, der neben den Grabsteinen seines Sohnes und seiner Frau aufgestellt werden sollte, und ließ hineinmeißeln: Esteban, *der furchtsamste Mann der Welt*. In kleinen Dörfern passiert nämlich nicht viel, Señor, und wenn dann mal was passiert, machen wir keine halben Sachen. Aber die Tage vergingen, ohne dass die Nachricht von seinem Tod gekommen wäre, Señor. Und am zehnten Tag tauchte Esteban wieder im Dorf auf, als wäre nichts geschehen, ein paar Kilo leichter, aber ansonsten gesund und munter. »Was sehen meine Augen!«, rief Antón als er ihn über den Platz gehen sah. »Unkraut vergeht nicht!«, sagte Esteban grinsend.« »Sie sind kein Unkraut, Sie sind ein Stier, wie man ihn in dieser Gegend noch nicht gesehen hat.« »Dein Gott hat mir die Gesundheit gegeben, die meine Frau und mein Sohn nicht hatten«, sagte Esteban, nahm seine Flinte und trieb sein Vieh auf die Weide.

Und Catalina saß bei uns in der Bar und heulte, nicht nur wegen des Schrecks, den Esteban uns eingejagt hatte, sondern hauptsächlich aus einem anderen Grund: Sie erzählte uns, dass sie, als Miguel und sie mit Esteban auf dem Weg ins Krankenhaus waren, vor lauter Tränen, Kummer und Anspannung Miguels Gesicht gepackt und ihn direkt auf den Mund geküsst hatte. Und obwohl Miguel die ganze Zeit nur an Catalinas Slip gedacht und ihr sicher mit hübschen Worten den Kopf verdreht und sie schmachtend angesehen hatte, wenn er ihr von seiner Käserei erzählte, fuhr er jetzt zurück und tat so, als wäre er ein tugendhafter Ehemann und Familienvater.

Ich hätte wieder grausam zu ihr sein können, Señor, denn Sie wissen ja, wie sehr mir ihre Tränen auf die Nerven gehen, ich hätte zu ihr sagen können: »Ich habe es dir ja gesagt, Hinkebein, aber du lernst eben nie dazu, das war das sechste, siebte, achte, was weiß ich, wievielte Mal, dass dir so etwas passiert, aber nein, du bleibst stur, es ist immer die gleiche Leier, immer bist du zu überschwänglich, mal sehen, wann du endlich lernst, dass man in der Liebe seine Gefühle an der Leine halten muss, denn wenn du sie loslässt, bringen sie dich um wie ein Auto ohne Bremsen, wie ein wütendes Meer.« Das hätte ich ihr sagen können, Señor, denn Sie sehen ja, ich bin klug, und auch wenn ich wenig von der Liebe weiß, so viel habe ich gelernt, und das nur vom Beobachten Señor, nur vom

Beobachten. Stattdessen sagte ich: »Es gibt eben Männer, die sind mehr Schweine als Hammel, und die wissen nicht, was gut für sie ist, Catalina, die kennen keinen Anstand und keine Werte, und für Männer wie ihn bist du eine Nummer zu groß, du hast nämlich ein Leben und er nicht, und ich habe dich ja gewarnt, dass er einer von denen ist, die viel reden und dir gerne mal die Hand aufs nackte Bein legen, aber wenn es ernst wird, sind sie feiger als eine Katze, wenn es laut wird « Das sagte ich zu meinem Hinkebein, weil das Leben wieder einmal eine Enttäuschung für sie bereithielt. Und in diesem Moment fiel mir auf, wie sehr ich Catalina bewunderte, weil ihre Bereitschaft, zu lieben und sich geliebt zu fühlen, grenzenlos ist und keine Erinnerung kennt. Ganz gleich, wie oft sie schon zurückgewiesen worden war, wie oft Marco schon nein, nein, nein gesagt hatte; Catalina hatte bei vielen Männern Liebe gesucht, und obwohl sie bisher keiner hatte haben wollen, gab sie nicht auf und resignierte nicht, sondern schöpfte immer neue Kraft, um wieder genauso hemmungslos zu lieben wie beim ersten Mal, als sie jemanden lustvoll angesehen hatte. Ich dagegen hatte immer nur Augen für eine einzige Liebe gehabt, obwohl ich andere Gelegenheiten gehabt hätte. Andere, die mir, wenn ich mich für sie entschieden hätte, das Gefühl gegeben hätten, wirklich gemocht und geliebt zu werden, oder mit denen ich zumindest die Lust, die Hitze intimer Begegnungen kennengelernt hätte. Aber statt es so zu machen wie Catalina, hatte ich mich entschieden, immer wieder gegen dieselbe Mauer anzurennen, gegen die unüberwindliche Wand namens Javier und die absurde, immer wieder neue Überzeugung, jetzt würde er mich plötzlich lieben. Und denken Sie nur, Señor: Nicht einmal, als ich ihn hatte, war ich zufrieden. Und als ich Catalinas Beharrlichkeit sah, fing mein Magen wieder an zu brennen, so stark, dass ich einen Moment lang dachte, ich müsste mich vor aller Augen am Tisch in der Bar übergeben. Und das Brennen war zurück, weil ich wieder dachte, dass ich raus aus diesem Dorf wollte. »Ich will hier weg«, sagte ich laut, ich glaube, weil der Wunsch mir so sehr auf den Magen drückte, dass mein Mund mich im Stich ließ und aufging, obwohl ich ihn geschlossen halten wollte, und die Stimme heraus ließ. Catalina schluchzte und schniefte so laut, dass sie es nicht hörte, aber Marco hatte es wieder gehört, und dieses Mal sah er mich nur an und sah mich an und sah mich an.

Und dann geschah etwas, das den Leuten wieder das Gefühl gab, dass Ende der Welt wäre nahe und sie dazu brachte, Esteban nicht mehr den *furchtsamsten Mann der Welt* zu nennen, sondern *den Mann, den der Tod nicht kriegt*. Sie müssen nämlich wissen, Señor, dass ihn keine vier Wochen nach dem Herzinfarkt alle möglichen Unglücksfälle ereilten. Zuerst hatte er einen Hirnschlag und wäre fast so geendet wie Nora, und sagen Sie mir mal, was wir im Dorf mit zweien wie meiner Schwester hätten anfangen sollen. Kurz darauf brach er sich beide Handgelenke beim Versuch, seine Flinte zwischen zwei Felsbrocken hervorzuholen, zwischen die sie gefallen war. Und dann fiel er zu allem Überfluss noch aus dem Fenster, als er eine Schwalbe verscheuchen wollte, die unter seinem Dach nistete. Und zwischendurch drohte sein Herz noch mindestens drei Mal, aufzuhören zu schlagen. Alle hielten den Atem an, und Antón bereitete jedes Mal eine Messe vor, wenn wir glaubten, Esteban würde uns verlassen. Eines Tages kam Marcela zu Juanita und sagte: »Du hast gut daran getan, zu heiraten, weil unser Leben dieses Jahr zu

Ende geht, und wer das nicht glauben will, der soll Esteban fragen.« Der Bürgermeister, der sich Sorgen um Esteban machte, kam ein paar Mal zu uns ins Dorf, wiegte den Kopf und sagte: »Ich bete nur darum, dass es nicht wehtut, dass es nicht wehtut.« Nur die blonde Frau war jedes Mal erstaunt, wenn jemand im Dorf sagte, dass das Ende unausweichlich wäre, und sagte verwundert: »Was man sich nicht so alles anhören muss«, und lebte ihr Leben weiter, als ob nichts von all dem Schrecklichen passieren würde.

DAS GRÖẞTE SCHWEIN

Der Herr steht auf, sagt, dass er sich die Beine vertreten muss, und ich denke, dass er gehen will. Gehen Sie nicht, Señor, gehen Sie nicht. Und in mein Gesicht steht ein *bitte* geschrieben, das ich nicht ausspreche. Ich spreche es nicht aus, weil es nicht nötig ist, weil der Herr inzwischen den Wald fürchtet. Er sieht mich an, zweifelt einen Moment. Er zweifelt an der Liebe zu seinem Hund, das sehe ich ihm an. Aber dann sieht er zum Wald hinüber und danach wieder zu mir. Er vertraut mir. Er glaubt mir, dass sein Hund zurückkommt, wenn er weiter hier wartet. Man muss Geduld im Leben haben, das müssten Sie in Ihrem Alter eigentlich wissen, Señor. Und wenn das Leben Ihnen diese Ruhepause hier neben mir beschert hat, nehmen Sie sie an. Der Herr sieht mich an und sieht mich an und sieht mich an, dann setzt er sich wieder. Danke. Diese Geschichte ist bald zu Ende, und dann werden sie mich nicht wiedersehen. Nie wieder. Und dann wird Ihnen nur die Erinnerung daran bleiben, wie sie einmal Ihren Hund verloren haben. Und vielleicht werden Sie in ein paar Jahren diese Geschichte jemandem erzählen, und dann werden Sie sogar eine Moral darin finden, wie in den Fabeln, die wir in der Schule gehört haben. Wie in den Liedern, die eine Geschichte erzählen. Der Herr lächelt leicht. Sehen Sie, jetzt sind Sie schon ein bisschen fröhlicher.

»Nora«, sagte ich kurz vor dem Schlafengehen, »Nora, ich wünsche mir wirklich von ganzem Herzen, ich könnte bleiben wollen, ich versuche es nach und nach. Wenn es hier auf dem Land schon Idioten gibt, wer weiß, wie viele es erst in der Stadt sind, und hier geht es mir gut, hier kenne ich meine Idioten, warum sollte ich also neue kennenlernen wollen? Lieber das bekannte Übel, als das ungewisse Gute, sagen dass nicht immer alle hier im Dorf?« Ich machte eine Pause, denn wenn man versucht, sich selbst von etwas zu überzeugen, sind Pausen besonders wichtig, Señor, und weil ich immer sage, was ich fühle, so wie ich denke, dass ich es fühle, und die Wahrheit immer siegt, Señor, wussten Sie das nicht? Und auch wenn ich mit aller Kraft versuchte, mich davon zu überzeugen, dass meine Suche nach Glück in diesen vier Straßen lag, muss man doch immer sagen, was wahr ist.

»Nora«, sagte ich also, »wenn schon jemand sterben musste, hättest du es sein sollen. Aber das Leben ist launisch, und langsam, ganz allmählich, lerne ich, das zu akzeptieren. Eines muss ich dir allerdings sagen, wenn ich bleibe, hoffe ich, dass mein Leben kurz sein wird, sehr sehr kurz.« In diesem Augenblick sagte meine Mutter, die mich gehört hatte, ohne dass ich es bemerkte: »Wenn du weggehst, nimm mich mit.« Einen Moment lang herrschte eine seltsame Stille, in der die Zeit ihre Bedeutung zu verlieren schien, dann lachte ich los. Meine Mutter lachte nicht, und ich sagte zu ihr: »Wie stellst du dir denn das vor, mit mir wegzugehen?« »Nimm mich mit«, sagte sie, und es klang flehentlich. Und ich lachte und lachte, und Nora sah uns an, wie immer, die Augen rund wie Zitronen. Die Miene der großen Lea war bitter. »Nimm mich mit, Lea.« Und ich lachte so laut, dass die Katzen im Hof sich versteckten. Und das zerfurchte Gesicht meiner Mutter beharrte »Doch, doch, denn wenn du gehst, werde ich mich hier sehr einsam fühle«, und dann lachte sie auch, weil mein Lachen ansteckend ist.

»Wo sollte ich denn hingehen, Mama?«, fragte ich. »Nirgendwohin, hoffe ich, denn unsere Familie ist nun mal, wie sie ist, und damit müssen wir leben.« Ich musste wieder daran denken, was Marco gesagt hatte, dass mein Problem ist, dass ich zu wenig weine, und der Gedanke blieb mir in der Kehle stecken wie ein schlecht verdauter Bissen. In dieser Nacht schlief ich schlecht, Señor.

Wenn Catalina verliebt ist, weckt sie immer das ganze Dorf mit fröhlichen Liedern, die aus ihrem Fenster schallen, aber das Lied, das sie am nächsten Morgen hörte, war alles andere als fröhlich, es war das Lied, in dem es heißt *erschrick nicht, wenn ich dir sage, was du warst: undankbar zu meinem armen Herzen*, und das wurde auch Zeit, Señor, denn seit Miguel sie nach ihrem Kuss auf den Mund abgewiesen hatte, war schon einige Zeit vergangen, die Zeit, in der Esteban zwischen Tod und Leben geschwebt hatte. Denn eines habe ich Ihnen vielleicht von Catalina noch nicht erzählt, dass sie nämlich weint und weint, bis sie zuletzt trockener ist als gedörrter Thunfisch; aber dann zeigt sie ihre Wut, ihren Kummer, ihren Schmerz, ihre Freude so, dass alle, selbst die Tudanco-Rinder oben am Fluss, mitbekommen, was das Hinkebein fühlt oder auch nicht. Am Ende schafft sie es immer, auf die eine oder andere Weise vom ganzen Dorf die Aufmerksamkeit zu bekommen, die sie von ihrer Mutter nie bekommen hat. »Da hat doch das Kind die Musik wieder voll aufgedreht«, sagte meine Mutter, als ich zum Frühstück ins Wohnzimmer herunterkam. »Catalina ist wieder mal verliebt«, erklärte ich ihr. Und sie sagte, ohne den Blick von dem Obst zu heben, das sie für meine Schwester schälte: »Für die Schlachten der Liebe ein Feld aus Federn.«

An diesem Tag war ich dran, den Laden aufzuschließen, und so ging ich hin, durch eine Hitze, wie sie typisch für die Jahreszeit war. Meine nackten Arme waren von den ersten Mückenstichen übersät. Wir haben fast nichts hier am Ende der Welt, Señor, aber Mücken haben wir im Sommer im Überfluss. Die Stiche juckten, als ich die Jalousien hochzog und das Licht einschaltete. Ich legte die Tomaten aus, während ich auf den Brotlaster wartete, der seit dem Schneesturm mit fast zwei Stunden Verspätung kam, und die Wartezeit wurde mir lang. Vom Laden aus sah ich Catalina zum Haus der Neuen gehen, aber als sie um die Ecke bog, verlor ich sie aus den Augen. Ob sie irgendwann mal pünktlich zu den Hühnern geht?, dachte ich bei mir, dieses Mädchen, dieses Mädchen, nahm mein Rätselheft und schaltete das Radio ein, das mein Vater meiner Mutter vor Jahren geschenkt hatte. Ich war so abgelenkt, dass ich nicht sah, wie Catalina eilig zurück nach Hause lief. Das erzählte jedenfalls später Antón, der sie gesehen hatte.

Eine gute halbe Stunde später sah ich Marco hinter der Fensterscheibe gestikulieren und Grimassen schneiden wie ein kleiner Junge. Das macht er manchmal, Señor, wenn es heiß wird, und wenn er Zeit hat, kommt er zum Laden, und wir rauchen an der Tür eine Zigarette zusammen. Wenn ich sehe, dass jemand in den Laden will, oder wenn ich meine Mutter kommen sehe, mache ich die Zigarette schnell aus, denn einmal hat sie mich mit Marco beim Rauchen erwischt und gesagt: »Bevor du dich umbringst, bringe ich mich lieber selber um.« Ich ging also raus und sagte zu Marco: »Was machst du hier, Faulpelz, mit dem

Rauchen an der Ladentür verdient man kein Geld.« Und er sagte: »Sieh nur, Lea, sieh nur, was ich hier habe«, und zog Estebans Flinte hinter dem Rücken hervor. Ich sah Marco, der dörflicher ist, als alles was ich kenne, mit meinen Augen einer Dörflerin an. »Was willst du denn damit?« »Auf die Wolken schießen, mal sehen, ob sie platzen.« Er zielte mit der Flinte in den Himmel. »Ich habe sie Esteban stibitzt, der ist so damit beschäftigt, ob er stirbt oder nicht, dass er sie überall vergisst. Sie lehnte an seiner Hauswand, da habe ich sie gefunden.« »Gib sie mir, ich bewahre sie für Esteban auf, denn du bist damit schlimmer als der Teufel.« Marco maulte wie ein kleiner Junge, dass ich kein Vertrauen zu ihm hätte. »Wie soll ich denn Vertrauen zu dir haben, Marco, du bist ein Trottel.« Und er sagte: »Nicht so ein Trottel wie Javier, dieser Dummkopf, der dich jetzt immer küssen will.« »Und was geht dich das an?«, fragte ich frech. »Weil es nicht stimmt, weil er lügt, er küsst dich, weil er ein Griesgram ist, weil er nichts kennt außer seiner langweiligen Existenz, weil dieser Typ kein Blut in den Adern hat.« Ich musste ein bisschen lachen, Señor, denn auch wenn ich den schönsten Mann des Dorfes anhimmele, hatte Marco nicht ganz unrecht. »Ach, komm schon, du wärst froh, wenn du auch nur halb so interessant wärst wie Javier.« »Lea, ich bitte dich, jedes Mal, wenn du ihn länger als zehn Sekunden ansiehst, fällt dir nichts anderes ein, als zu sagen, dass du von hier weg willst.«

Wieder einmal ärgerte ich mich über Marco, Señor. Wohin soll ich schon gehen, wo ich doch hier geliebt werde, Marco hatte recht, wohin soll ich schon gehen und meine Schwester hier alleine lassen. Marco, selbstgefällig wie immer, zielte mit der Flinte auf mich, Señor, aber ich war so beschämt, dass ich keine Angst hatte. »Hör auf damit, am Ende erschießt du mich noch, Marco, und was sagst du dann? Was sagst du dann?« »Dann sage ich, dass ich eine Lügnerin erledigt habe.« Er senkte die Flinte und sagte: »Kann sein, dass Javier dir deine Wangen rosig färbt, aber in diesem Dorf kennt niemand dich so gut wie ich.« Und dann streichelte er mir übers Gesicht, und das machte mir fast mehr Angst als die Flinte. Denn ich fürchte mich vor Marco, Señor, davor, dass er mich anfasst, weil ich das nicht mag, weil er raue Hände hat und mir beinahe die Luft abgeschnürt hätte, als er mich festhielt, damit ich meinen Vater nicht sah. Angewidert stieß ich seine Hand weg. »Nur missratene Bälger lügen, Lea.« »Du bist missraten, wenn du eine Flinte brauchst, damit die Kühe dich respektieren.« Gerade wollte Marco etwas entgegnen, da sahen wir die Neue auf uns zukommen, diesmal das blonde Haar mit einem Gummi zusammengebunden. Marco steckte sich die Flinte zwischen Hemd und Hose, und ich dachte: »Irgendwann wird sich dieser Dummkopf noch erschießen«, aber die Worte der Neuen platzten in meine Gedanken.

»Wer hat schon wieder meine Hauswand beschmiert?« Wir schwiegen beide. »Ich habe gefragt, wer schon wieder was an meine Hauswand geschrieben hat?!?«, wiederholte die Neue aufgebracht. »Entspann dich, Blondine, Wut macht hässlich.« »Halt den Mund, Marco«, sagte ich. Sie durchbohrte uns mit ihren Blicken. »Ihr haltet euch wohl für besonders schlau, aber habt keine verfickte Ahnung.« Verfickte Ahnung, Señor, sie sagte, verfickte Ahnung, und diese Ausdrucksweise passte gar nicht zu ihrem Städterinnengesicht. »Ihr seid eine unverschämte, naseweise Bande, und das nächste Mal zeige ich euch an.« »Bei wem willst du uns denn anzeigen, wenn du vom Landleben keine verfickte Ahnung hast?« Marco trat einen Schritt auf sie zu. »Und du«, sie wandte sich an mich, »du hältst einfach den Mund, du bist die Schlimmste von allen, meinst du, ich hätte die toten Hasen nicht gesehen, die du mir vor die Tür gelegt hast? Was willst du, was wollt ihr, was verdammt noch mal ist mit euch los?« »Und ihr, warum seid ihr hierher gekommen?«, sagte ich endlich, »um uns auszubeuten, wie alle Fremden, die hierher kommen? Um uns nach und nach das Land wegzunehmen? Wir wollen hier niemanden haben, der anderswo nicht mehr geliebt wird.« »Was weißt du schon«, entgegnete sie. »Ich weiß nur, wie armselig wir hier leben und dass wir Leute wie euch hier nicht haben wollen, weil ihr Fremden nur Probleme bringt.« Die blonde Frau machte auf dem Absatz kehrt, und als Marco ihr nachgehen wollte, hielt ich ihn zurück, Señor, ich hielt ihn zurück, weil Marco wie ein wilder Hund ist, wenn man ihn nicht an die Leine nimmt. »Es war Catalina«, sagte ich zu Marco, als die Neue schon fast im Haus war. Und in diesem Augenblick verstand ich, dass es auch Catalina gewesen war, die *Missraten* an meine Hauswand geschrieben hatte.

Ich schloss den Laden ab, hängte das »Komme gleich wieder!«-Schild an die Tür und ging mit Marco los, um mir anzusehen, was dieses Mal die Wand der Neuen zierte. Und ich muss sagen, was Catalina geschrieben hatte, war nicht gelogen, weil Catalina niemals lügt. *Das größte Schwein hat die beste Eichel gefressen* las Marco laut vor und lachte. Dann fing er an zu schreien: »Hier lebt ein Schwein! Hier lebt ein Schwein!« Ich sagte: »Sei still, Marco!« »Dieser Idiot weiß nicht, mit wem er da angebandelt hat«, sagte er und lachte sich halbtot, und ich lugte durch das

Fenster, wie es die Nachbarinnen taten, um zu tratschen, und sah, wie die blonde Frau, die gerade erst im Haus angekommen war, mit Miguel stritt. Der fuchtelte mit den Händen, sah immer wieder auf sein Handy, zeigte auf die Frau, dann auf das Kind und dann wieder auf die Frau. Sie schüttelte den Kopf, während sie auf und ab ging.

Dann stand plötzlich Catalina neben uns; sie sah wütend und traurig aus. »Zieh nicht so eine Leichenbittermiene, das Ganze ist doch zum Lachen«, sagte Marco. Catalina fragte: »Und worüber lachst du?«, und bevor er antworten konnte, fuhr ich dazwischen: »Du hast *Missraten* an meine Hauswand geschrieben.« »Weil du missraten bist«, gab Catalina zurück. »Und du, was bist du? Eine Eichel?« »Ja, Lea, ich bin eine Eichel, die beste von allen, und er ist ein Schwein wie alle, er redet und redet und setzt mir Flausen in den Kopf, und dann heißt es mit einem Mal nein, nein, nein. Du hast es ja schon gesagt: Ich bin eine Nummer zu groß für ihn.« Marco begann zu schreien: »Miguel! Miguel! Hier schlachten wir die Schweine, wir schlachten sie!« »Halt den Mund, Marco, du bist genau so ein Schwein wie er«, fuhr Catalina ihn an. Und dann stand da mit einem Mal Esteban und sagte: »Was ist denn das für ein Geschrei?«, und als er die Flinte hinten aus Marcos Hemd hervorlugen sah, sagte er: »Das ist meine Flinte«, und Marco entgegnete: »Eines Tages werden Sie noch Ihren Kopf auf der Fußmatte vergessen, wenn Sie weiter so zerstreut sind, Esteban.« Esteban machte den Mund auf, um etwas zu sagen, wahrscheinlich sowas wie »Finden und verhehlen, ist so gut wie stehlen«, weil er etwas in der Art oft sagte, aber dann machte er den Mund wieder zu und sagte nichts, sondern streckte nur die Hand nach Marco aus, damit der die Flinte hinter seinem Rücken hervorholte. Marco wollte sie ihm geben, aber in seinem Ungeschick glitt ihm die Flinte aus der Hand, was seltsam ist, Señor, weil Marco Hände wie Baggerschaufeln hat. Die Flinte fiel zu Boden, der Kolben schlug auf einem Stein auf, und weil Esteban die Flinte nicht mehr benutzt hatte, seit er sich beim Tod meines Vaters in den Fuß geschossen hatte, war noch eine Kugel im Lauf. Beim Aufprall des Kolbens auf dem Stein löste sich der Hahn, und die Flinte ging los. Catalina, Marco und ich wurden taub von dem Schuss, der Esteban direkt in die Brust traf.

Wissen Sie, wie viel Blut ein Mensch im Körper hat, welche Unmengen von Blut? Sie können es sich nicht vorstellen.

Von Blut verstehe ich nichts, Señor, ich kenne mich aus mit Tieren mit Bisswunden, mit Kühen mit aufgeschrammten, blutigen Beinen, ich kenne gehäutete Kaninchen, aber mit dem Blut, das aus einem menschlichen Körper hervorsprudelt, kenne ich mich nicht aus, Señor. Und als ich sah, wie es ungehindert ausströmte wie verschüttete Milch, konnte ich nicht aufhören, darüber nachzudenken, wie viel Blut wir im Körper haben, und fragte mich, ob mein Vater unter der Erde wohl noch Blut im Körper hatte. Und ich musste daran denken, wie ich immer zu meiner Schwester sagte: »Nora, dein Blut stockt, deshalb müssen wir dich pieksen, damit es wieder in Fluss kommt und irgendwohin fließen kann.« Und Catalina und Marco verstanden auch nichts von Blut.

Beim ohrenbetäubenden Knall fing Catalina an zu schreien, und Sekunden später war Esteban, der mit einem Loch in der Brust auf dem Boden lag, von Dorfbewohnern umringt. Auch die Neuen kamen heraus, um zu sehen, was los war, und die blonde Frau rief: »Was habt ihr getan!

Was habt ihr bloß getan!«, wieder und wieder. Im allgemeinen Aufruhr legte Miguel Catalina, die unaufhörlich weiterschrie, die Hand auf die Schulter, um sie zu beruhigen, Señor, und damit sie aufhörte zu schreien. Ich beobachtete fasziniert Estebans Miene; seine Lippen bebten, und in seinem Schock versuchte er, aufzustehen und sagte ganz leise: »Ich kann nicht, ich kann nicht«, weil er es nicht schaffte, sich aufzurichten. Ich musste daran denken, wie meine Mutter mich bei der Beerdigung meines Vaters an die Holzfigur der Muttergottes erinnert hatte; jetzt erinnerte mich Esteban an den Jesus mit der Dornenkrone, der bei Antón im hintersten Winkel der Kirche hängt, denn auch wenn ihm das Blut aus der Brust lief und nicht aus dem Kopf, hatte er denselben schwermütigen Blick. Catalinas Vater sagte: »Ein Arzt, ein Arzt, holt ein Auto, wir müssen ihn zum Arzt bringen.« Und Juanita klammerte sich an meine Mutter und rief: »Ach, Große Lea! Ach, Große Lea! Das Ende der Welt nimmt uns einen nach dem anderen mit!« Ich stand reglos wie ein Pfosten im Namensfeld, genau so, und Marco, Señor, Marco war bleicher als Esteban. Er hielt die Hand ausgestreckt, als wollte er ihm immer noch die Flinte geben, und seine Eltern, die auch da waren, hoben die Hände an den Kopf und fingen an zu jammern: »Mein Sohn! Mein Sohn! Was hat mein Sohn nur getan!« Ich sagte: »Nein, nein, nein, es war ein Unfall«, und meine Mutter rief mir zu: »Ab nach Hause zu deiner Schwester!«, und ich sagte: »Nein, ehrlich, es war ein Unfall.« Und dann sagte die blonde Frau, die Neue, mit einem Mal: »Seht her, seht alle her, jemand hat mir das hier an die Hauswand geschrieben. Das waren sie, sie sind böse, böse, böse!« Sie meinte uns, die blöde Ziege. Aber die Dorfbewohner begannen, um Esteban zu weinen, und das erinnerte mich an den Tag, an dem sie uns in der Schule erzählt hatten, dass Rosalía, die Hausmeisterin, von uns gegangen war und nie mehr wiederkommen würde, und wie alle in der Klasse weinten, weil wir sie geliebt hatten. Ich sah der Blonden in die Augen, dieses Mal nicht wie eine Dörflerin, ganz aufrichtig, und sah vor mir keine trottenden Pferde, sondern die toten Hasen, die ich vor ihrer Tür aufgelesen hatte, und meine Gedanken überschlugen sich dermaßen, dass ich einen Moment lang Lust hatte, sie zu beißen, so wütend war ich, Señor. Und am liebsten hätte ich ihr gesagt: »Was redest du denn da, du hast doch überhaupt nichts gesehen«, aber tief in meinem Inneren sagte mein in Flammen stehender Magen: »Geh weg von hier, geh weg von hier, geh weg von hier.«

Sie brachten Esteban ins Krankenhaus, und es heißt, als er in der Notaufnahme ankam, wäre er tot gewesen. Aber ganz tot kann er nicht gewesen sein, denn zwei Tage später war er zurück im Dorf, und als er auf dem Platz erschien, liefen die Leute zusammen, um ihn zu begaffen, denn können Sie sich vorstellen, was für ein Glück er hatte, auch das noch zu überleben? Anscheinend war die Kugel durch ihn hindurchgegangen, ohne größeren Schaden anzurichten, und hatte nur den Knochen durchschlagen, den wir hier in der Brust haben, aber weder Herz noch Lunge getroffen. Und als hätte sein Rücken schon gewusst, was passieren würde, bewahrte ihn die Krümmung seiner Wirbelsäule, die er von Kindheit an hatte, davor, den Rest seines Lebens bettlägerig zu sein. Aber dieses ständige Hin und Her zwischen Leben und Tod war zu viel für Estebans Kopf, Señor, und sein Geist ging irgendwo verloren, denn nach seiner Rückkehr ins Dorf erzählte er als erstes, er hätte überlebt, weil er den Wald gezähmt hätte, weil er so oft ins Dickicht geschossen hätte, dass der Wald ihm gewährt hatte, bis zum Ende der Welt weiterzuleben.

Der Bürgermeister kam wieder vorbei, um sich mit eigenen Augen von der Widerstandskraft von Estebans Körper zu überzeugen. Als er ankam, bahnte er sich mit ausgebreiteten Armen einen Weg durch die Menge, umarmte Esteban, wie ihr Männer das so macht, indem er ihm ein paar Mal auf den Rücken klopfte, und sagte: »Du bist ein Wunder, Esteban, ein echtes Wunder.« Dann wandte er sich mit seinem typischen Gehabe an die Leute, ein König ohne Krone, ein Fluss, der tut, als wäre er ein Meer, und sagte: »Meine Herrschaften, das bedeutet, dass das Ende der Welt will, dass wir leben.« Catalina, Marco, Javier und ich saßen auf der Bank am Eingang zum Friedhof, sahen mit zusammengekniffenen Augen zum Platz hinüber, weil die Sonne uns direkt ins Gesicht schien, und beobachteten das Ganze. »Mit dem Wald und diesem Bürgermeister sind wir komplett am Arsch«, sagte ich, aber keiner von den anderen antwortete, keiner sah mich an, keiner lächelte.

Seit dem Unglückstag hatte Catalina sich in ihrem muffigen Haus verkrochen, und wir hatten sie bis zu diesem Morgen, als sie sich zu uns auf die Bank setzte, nicht mehr gesehen. Marcos Eltern hatten ihn rausgeworfen, und er hatte die letzten Nächte bei Javier in dem kleinen Haus mit dem Fohlen verbracht, das Javiers Mutter war. Meine Mutter redete seitdem nicht mehr mit mir, und wenn Nora versuchte, mich anzusehen, drehte sie ihr jedes Mal das Gesicht weg, denn zu allem Überfluss hatte ich inmitten des ganzen Dramas vergessen, den Brotlaster abzupassen, und das ganze Dorf hatte ein paar Tage kein Brot gehabt.

Wie wir da so auf der Bank saßen und dem Bürgermeister zuhörten, der diesen Blödsinn über das Ende der Welt daherredete, überlegte ich, ob er nicht vielleicht doch recht hatte und das Ende der Welt bedeutete, immer aufs Neue weiterzuleben. Und das erinnerte mich an meine Schwester, die weiterlebt, obwohl sie tot ist.

Und an diesem Punkt der Geschichte – es war Anfang August, Señor, und ich hatte mich schon damit abgefunden, dass das Brennen in meinem Magen der Preis dafür war, dass ich den Gedanken aufgegeben hatte, von hier wegzugehen –, fing ich an, zu glauben, dass die Welt tatsächlich untergehen würde. Vorher hatte ich schallend gelacht, wenn jemand mir vom Ende aller Tage erzählte, doch plötzlich kam kein Lachen mehr aus mir heraus, ich konnte es nicht mehr in mir finden. Aber in Wirklichkeit hatte das Ende der Welt nichts mit Estebans tausend Toden zu tun und auch nichts mit Javiers plötzlicher Liebe. Es hatte nichts damit zu tun, dass Marco seit dem Unfall mit der Flinte sanft wie ein Lamm war, dass er kein Stier mehr war, sondern so schwach, wie er als Kind gewesen war, und auch nichts damit, dass Catalina seit dem Ende ihrer Liebe zu Miguel wieder die Narbe an ihrem Bein verdeckte. Nein, es hatte mit meinem Zuhause zu tun, mit dem Wald, dem Wald, Señor, und dem Glauben, dass in Wirklichkeit Nora mein Ende der Welt war und ein Ende der Welt in sich selbst. »Sie lieben uns nicht mehr, Lea, dieses Dorf hat aufgehört, uns zu lieben«, sagte Marco schließlich.

DU BIST EIN UNGLÜCK

Wenn die Leute einem von uns auf der Straße begegneten, versteckten sie ihre Verwünschungen hinter einem Hüsteln, aber ein paar Mal hörte ich Worte wie Kanaille oder Unmensch, Señor. Meine Mutter erzählte mir, dass die ohnehin schon mageren Geschäfte im Laden noch zurückgingen, wenn ich bediente. Für eine Weile war das ganze Dorf uns böse, wenn auch nicht für lange. »Das liegt daran, dass sie der Neuen geglaubt haben, als sie sagte, wir wären böse«, sagte ich eines Tages zu Catalina. »Ich habe es dir ja gesagt: Die bringen nichts Gutes.« Und Catalina murmelte: »Unerwünscht, Rabenmutter, blödes Schwein, Dreckspack.« Seit sie wieder versuchte, ihr Hinken zu verstecken, war sie matt wie eine Glühbirne kurz vor dem Durchbrennen. Javier war der Einzige, der bei dem Unglück mit Esteban nicht dabei gewesen war, aber er schwieg, wie immer, und ich hatte keine Geduld mehr mit Catalinas Tränen, Señor, und Javiers Schweigen machte mich wütend. Er bezweifelte nicht, dass es ein Unfall gewesen war, Señor, und noch dazu hatte er Marco ohne Murren bei sich aufgenommen. Aber obwohl ich gesehen hatte, wie viel Blut in einem menschlichen Körper ist, zweifelte ich langsam, ob Javier auch nur einen Tropfen Blut in sich hatte. »Ich möchte wissen, was mit dir los ist, Javier, ich glaube fast, du hast statt Blut Honig in den Adern und bist deshalb so langsam und maulfaul.« Und Javier sah mich an und lachte, und bei diesem Lachen, Señor, schmolz ich dahin wie ein Bonbon im Wasserbad.

Was mich an Javier wütend machte, war, dass er sich so wenig Mühe gab, uns zu verteidigen. Ich wartete darauf, dass er mich um ein paar leere Obstkisten bat, sie in der Mitte des Platzes aufeinanderstapelte wie Marco die Hasen, darauf stieg und rief: »Es war ein Unfall, ihr Dummköpfe.« Das hätte ich gemacht, Señor, aber klar, davon versteht Javier nichts.

Jedenfalls verging die Zeit, ohne dass die Leute ihr Verhalten uns gegenüber änderten, nicht mal meine Mutter, die mich zur Strafe weiterhin ignorierte. Und ich habe zwar gesagt, dass es nicht für lange war, aber es ging doch den ganzen August und den halben September über, und wenn ich jetzt so darüber nachdenke, merke ich, dass es doch gar nicht so kurz war. Aber für mich vergingen diese anderthalb Monate wie im Flug, weil ich in dieser Zeit vollkommen mit Nora beschäftigt war, die anfing, seltsame Dinge zu tun, gar nicht, als ob sie meine Schwester wäre.

Zuerst war da die Sache mit der Tischdecke, Señor. Eines Abends, als ich Nora ansah und meine Mutter ihr das Gesicht zur Seite drehte, damit sie mich nicht ansehen konnte, und ich hinterher rückte, um sie doch ansehen zu können, hatte ich die Nase voll und fragte: »Na schön, was ist es, das dich so sehr kränkt, Mama?« »Was fällt dir ein, Beleidigungen an die Hauswand der Neuen zu schreiben, wann immer du Lust dazu hast?«, sagte sie schließlich. »Ich bin so froh, dass du mit mir redest, Mama!«, rief ich erleichtert. »Anscheinend stimmt es ja, was an unserer Hauswand steht, und du bist missraten«, sagte sie. Ich senkte den Kopf. »Wenn dein Vater noch am Leben wäre, würde er dich aus dem Laden holen und mit aufs Feld nehmen, Lea.« Ich sagte: »Aber Papa ist tot, und wir sind allein geblieben, und wenn ich bloß dran denke, für immer in diesem Haus zu bleiben, packt mich die Traurigkeit, Mama. Und die Angst.« Meine Mutter stand auf, um mich in den Arm zu zwicken, und während sie mit aller Kraft zukniff, hielt ich die Tränen zurück, die herauswollten, Señor. Ich rief: »Nein, nein, nein, deine andere Tochter musst du kneifen, damit sie weint, nicht mich, nicht mich«, so, als würde ich jederzeit weinen, wenn ich Lust dazu habe, Señor, obwohl sie mich so erzogen hatten, dass immer nur die anderen weinen und wir nie. »Wenn ich anfangen würde, zu weinen, Kleine Lea, wenn ich weinen würde, hätten wir hier keinen Wald, sondern ein Meer.« Und dann ließ sie meinen Arm los, weil Nora einen ihrer verkrümmten Finger in die Tischdecke gehakt hatte und mit einem Ruck daran zog. Alles krachte zu Boden, der Teller zerbrach, die Erbsen rollten durch die Gegend, die Gabel verschwand unter dem Tisch, und die Spitze des Fleischmessers bohrte sich in den Fußboden, direkt neben Noras Fuß. »Was ist los mit dir, Nora? Seit Jahren rührst du dich nicht, und jetzt, wo alles auf dem Tisch steht, tust du es mit einem Mal doch? Du bist wahrhaftig ein Unglück«, rief meine Mutter, ließ alles stehen und liegen und verschwand im Schlafzimmer, in dem wir manchmal noch Kaninchen unter dem Bett fanden. Ich sah Nora an, Señor, und dachte verblüfft, vielleicht existiert sie in ihrem Inneren ja doch, vielleicht ist da jemand in Nora drinnen. Aber Nora machte nur den Mund auf wie ein Baby, sodass die Spucke herauslief.

Ein paar Tage nach der Sache mit dem Tischtuch kam Juanita zu uns nach Hause, um meiner Mutter bei irgendwas zu helfen, wobei, weiß ich nicht mehr, Señor, auf jeden Fall hatte ich Nora hübsch zurechtgemacht und in den Rollstuhl gesetzt, ich hatte ihr Zöpfe geflochten, weil ich mich nun mal damit abgefunden hatte, für alle Zeiten hier zu bleiben, und deshalb von jetzt an alle Versprechen halten wollte, die ich meiner Schwester gab. Und so baumelte jetzt über jeder Schulter ein perfekter Zopf. Ich ließ Nora bei meiner Mutter und verbrachte den Nachmittag mit Marco und Catalina in Javiers Bar, und als ich abends nach Hause zurückkam, erzählte mir meine Mutter ganz aufgeregt, wie Juana und sie Nora auf dem Wohnzimmerfußboden gefunden hatten, als sie vom Hühnerfüttern zurückkamen, mit einer Platzwunde auf der Stirn, weil sie sich den Kopf an der Tischkante angeschlagen hatte. »Ich weiß nicht, wie das passieren konnte, Lea, deine Schwester kann doch nicht von selbst die Beine bewegen, ich weiß nicht, wie sie auf dem Fußboden gelandet ist«, sagte sie, und dann: »Das war bestimmt deine Schuld, weil du sie nicht im Rollstuhl festgebunden hast.« »Oder deine, weil du es nicht überprüft hast«, entgegnete ich. Aber ich könnte schwören, Señor, dass ich sie sehr wohl angebunden hatte, denn wenn man etwas ständig tut, das wissen Sie ja sicher auch, Señor, also, wenn man etwas ständig tut, dann vergisst man das nicht. Jedenfalls hatte Nora danach noch tagelang eine hübsche Beule an der Stirn.

An einem anderen Morgen, Señor, als ich damit dran war, Nora zu wecken, ging ich wie immer in ihr Zimmer und tat das, was ich immer als Erstes tue, wenn ich meine Schwester wecke, Señor: Noch im Dunkeln gehe ich zum Kleiderschrank, hole frische Wäsche heraus und lege sie auf den Stuhl daneben, damit alles bereit ist, wenn ich sie bade, oder damit ich sie, wenn kein Badetag ist, gleich anziehen kann. Das alles tat ich also, und dann drehte ich mich um, um zu sehen, ob die Bettdecke und die Laken verrutscht wären. Aber Nora lag nicht in ihrem Bett, und im ersten Augenblick schoss mir einer dieser sinnlosen Gedanken durch den Kopf, ich dachte: »So klein bist du, Nora, dass du zwischen den Laken verloren gehst?« Aber dieser idiotische Gedanke verschwand so schnell, wie er gekommen war, und ich fragte mich stattdessen, ob ich mich vielleicht im Tag geirrt und meine Mutter sie schon aus dem Bett geholt hatte, oder ich in dem halbdunklen Zimmer nicht richtig sah. Also ging ich um das Bett herum und ließ den Rollladen hoch, und da fand ich sie, Señor, wie sie in ihrem Sommerpyjama und mit weit aufgerissenen Augen neben dem Bett lag und auf das Fenster starrte. »Aber Nora, wer hat dich denn hier auf dem Fußboden liegen lassen?«, fragte ich, ohne eine Antwort zu erwarten. Doch es war seltsam, weil Nora nachts keinen Muskel bewegt und noch nie aus dem Bett gefallen war. Außerdem hätte meine Schwester geknurrt, wenn sie herausgefallen wäre, wie sie das immer tut, wenn sie etwas stört, und dann hätten wir sie gehört. Während ich sie aufhob, fragte ich immer wieder: »Also ehrlich jetzt, Norita, wie bist du nur auf dem Fußboden gelandet?« Und den ganzen Tag grübelte ich, dass meiner Mutter irgendetwas zugestoßen sein musste, irgendetwas war passiert, dass sie meine Schwester einfach so auf dem kalten Zimmerboden hatte liegen lassen. Ich ertappte mich dabei, wie ich innerlich der Großen Lea Vorwürfe machte, und sagte immer wieder vor mich hin: »Und das, wo sie immer sagt, wir beide wären ja zwei schöne Lorbeerbäume, das Gleiche könnten wir auch sagen, meine Mutter ist mir ja ein schöner Lorbeerbaum, dass sie Nora auf dem Boden liegen lässt und sie nicht mal aufhebt.« Den ganzen Tag wälzte ich das in meinem Kopf herum, und als meine Mutter dann nach Hause kam, während ich die Ziege saubermachte, die Javiers toter Vater war, rief ich ihr vom Hof aus zu: »Was war heute los, Mama, dass du Nora einfach so auf dem Fußboden liegen lässt?« Sie rief: »Was sagst du denn da?« und versicherte, das wäre sie nicht gewesen, und wie ich auch nur auf den Gedanken käme, wo sie Nora immer sofort das kleinste bisschen Spucke abwischte, wieso sollte sie sie da auf dem Fußboden liegen lassen. »Aber dort habe ich sie heute Morgen gefunden, Mama.« »Dann ist es deine Schuld, Kleine Lea, weil du so nachlässig bist, dass du nicht einmal bemerkt hast, dass deine Schwester aus dem Bett gefallen war.« »Wie soll Nora denn aus dem Bett fallen, Mama, wenn sie sich doch gar nicht bewegen kann und knurrt, wenn sie was stört!« »Ich weiß es nicht, ich weiß es nicht«, rief sie, und ich sagte zu Nora: »Was machst du nur für Sachen, Norita!« In diesem Moment kam Catalina, und weil sie meinen letzten Satz gehört hatte, fragte sie, was mit Nora los wäre. »Mit meiner Schwester ist los, dass sie in letzter Zeit Tischdecken herunterzieht, auf denen Messer liegen, aus dem Rollstuhl fällt oder aus dem Bett plumpst.« »Ach herrje«, sagte Catalina, »herrje, das ist ja wie bei dem Nachbarn, der erzählt hat, dass die Welt untergeht, weil seine Kühe sich so merkwürdig verhalten. Ich sah sie ungläubig an, aber Catalina fuhr fort: »Und deine Schwester ist ja auch eher ein Tier als ein Mensch, Lea. Ach herrje, das Ende kommt und ohne dass jemand mich geliebt hätte, wie ich gerne geliebt worden wäre.« »Es reicht, Catalina«, sagte ich, »was willst du hier?« »Nichts, zu Hause bin ich allein, und mir ist langweilig.« Ich sah meine Schwester an: »Nora, machst du das, weil die Welt untergeht?« Das hätte ich sie gerne gefragt, aber stattdessen spürte ich das Feuer in meinen Eingeweiden wüten, Señor, und wenn der Magen brennt, muss man eine Entscheidung treffen, vergessen Sie das nicht.

Und das war längst nicht alles, Señor, oh nein, das waren nur Kleinigkeiten, das Schlimmste kam erst noch, als meine Mutter eines Abends Nora fütterte, während ich auf dem Sofa am Handy hing und mit Javier schrieb, der mir erzählte, dass Marco immer traurig war und weinte. Das habe ich, ehrlich gesagt, immer an Marco gemocht: Obwohl er ein wilder Stier ist, weint er, wenn er weinen muss; nicht ganze Sturzbäche, wie Catalina, aber wenn Marco weint, versucht er nicht, es zu verstecken wie die Männer hier im Dorf, diese Holzklötze, die uns einreden wollen, Männer verstünden nichts vom Weinen. Javier schrieb mir, dass sämtliche Kissen nass waren, wenn Marco morgens aufstand, und dass seine Tränen auf das Essen tropften, das er ihm kochte. »Ich weiß nicht mehr, was ich machen soll.« »So lahm, wie du bist, Javi, hast du sicher noch nicht allzu viel getan«, schrieb ich zurück. Und plötzlich rief meine Mutter aufgeregt nach mir: »Lea, Lea, komm schnell her! Deine Schwester, deine Schwester!« Ich fragte: »Was ist passiert? Was ist passiert?« Und dann sah ich, was passiert war: Nora hatte sich auf die Zunge gebissen; sie presste die Zähne fest aufeinander, und zwischen ihnen hing die Zunge heraus und färbte die Zähne rot. Ich kniff sie sofort in den Arm, damit sie knurrte und den Mund aufmachte, aber vergebens. »Sie beißt sich die Zunge ab, Lea, sie beißt sich die Zunge ab!«, rief meine Mutter außer sich. Und ich sagte: »Nora, Nora, sieh mich an, hör auf damit.« Aber Nora machte die Augen zu. Wir schafften es einfach nicht, ihr den Kiefer zu öffnen, Señor, und so flog ich wie ein Vogel zu Javier und erzählte, dass meine Schwester sich auf die Zunge biss und wenn wir ihre Zähne nicht auseinander kriegten, würde sie sie sich noch abbeißen. Marco – ich war beeindruckt, wie sanft er aussah, so sanft wie der Hase, der er als kleiner Junge gewesen war – kam mit zu mir und schaffte es mit seiner Kraft, Noras Mund zu öffnen, während ich meiner Schwester den Arm streichelte und zu Marco sagte: »Vorsichtig, Marco, vorsichtig.« Wir verarzteten die verletzte Zunge, und ich sagte zu meiner Mutter: »Das war deine Schuld, du hast ihr irgendwas zu essen gegeben, was sie verwirrt hat.« Und meine Mutter sagte: »Oder deine, weil du immer nur auf dein Handy starrst, und dann passiert so ein Unglück.« In diesen Tagen gingen meine Mutter und ich immer mit dem Gefühl ins Bett, schuldig zu sein, Señor. Von da an machte Nora den Mund nicht mehr auf, um zu essen, und an manchen Tagen verzweifelten wir, und sie ging ohne Essen ins Bett. Die Große Lea und ich wanderten im Haus umher und grübelten, was ist bloß los mit ihr, was ist bloß mit Nora los, dass sie nicht essen will, denn es war klar, dass Nora diese merkwürdigen Sachen mit Absicht machte, mit Absicht, Señor. Entweder aß sie nicht oder sie weigerte sich, das Wasser zu schlucken, das wir ihr gaben, sie behielt es einfach im Mund oder ließ es zwischen den Lippen herausrinnen, sodass es ihr vom Kinn tropfte. Und meine Mutter rief verzweifelt: »Schlucken, Nora, du sollst schlucken! Wasser muss man trinken, nicht ausspucken«, und ich bog ihren Kopf zurück, um sie zum Schlucken zu zwingen, aber ich hatte Angst, Señor, ich hatte Angst, meine Schwester könnte dabei ersticken.

Ein paar Wochen später passierte das mit der Badewanne. Und das machte mir noch viel mehr Angst, Señor.

Ich ließ Wasser in die Badewanne, weil Nora sich nämlich beim Baden entspannt. Ich habe auch schon versucht, sie zu duschen, aber danach war ich nasser als sie, Señor. Also mache ich jetzt ein warmes Wannenbad, damit sie sich wohlfühlt und es bequem hat. Ich lasse sie vorsichtig in die Wanne, setze sie auf den Rand und drehe sie dann um, erst das eine Bein, dann das andere, und dann schiebe ich sie langsam hinein, bis ihr Kopf beinahe auf dem Wasserhahn liegt, aber ohne ihr weh zu tun, Señor, darauf achte ich. Ich lasse sie fünf Minuten im Wasser liegen, manchmal auch ein bisschen länger. Dann wasche ich sie, ich seife sie ein und sage ihr dabei schöne Sachen, damit sie sich schön fühlt. Was für ein Bauch, Nora, was für ein Bauch, und so weiche Haut, und erst die Sommersprossen an deinen Beinen, wie hübsch dein Gesicht ist, sowas in der Art, Señor. Und dann kommt der Moment, wo ich sie ein bisschen tiefer hineinschiebe, bis ihr Gesicht unter Wasser ist, nur für ein paar Sekunden, damit sie nicht anfängt, unter Wasser zu atmen, und sich verschluckt. Und als ich sie an diesem Tag aus dem Wasser holen wollte, konnte ich es nicht, ich konnte es nicht, weil Nora sich so steif machte, dass sie schwer war wie ein Stein, der am Meeresgrund festliegt, genau so, Señor, oder wie die Flusskiesel, die man nicht bewegen kann, weil sie im schlammigen Boden feststecken. Und so lag meine Schwester in der Badewanne, als würde sie im Boden feststecken, und ich schaffte es trotz aller Kraftanstrengung nicht, ihren Kopf über Wasser zu heben, ich schaffte es nicht, ich schaffte es nicht, und ich brachte kein Wort hervor, weil ich wusste, dass meine Mutter sagen würde, du bist schuld, du bist schuld. Voller Panik, weil sie mir zu ertrinken drohte, Señor, tastete ich im Wasser herum, bis ich den

Stöpsel für den Abfluss fand, und zog ihn so heftig heraus, dass mir die im Wasser weich gewordenen Fingernägel umknickten, und in den Sekunden, die es brauchte, bis das Wasser abgeflossen war, dachte ich, sie stirbt mir, sie stirbt mir, meine Schwester stirbt mir weg. Ich hatte so große Angst, dass mir die Tränen kamen, nur ein paar, Señor, das zählt nicht richtig als Weinen. Aber ich schrie Nora an: »Was ist los mit dir? Was machst du? Was willst du?« Und von Nora kam nichts. Stille, Stille, nichts als Stille. Nach dem Bad und als der erste Schreck vorbei war, schloss meine Schwester die Augen. Sie schloss die Augen und machte sie für die nächsten zwei Tage nach dem Bad nicht mehr auf. Und eines Nachmittags brach meine Mutter in Tränen aus und rief mit zur Decke gewandtem Blick: »Komm zurück, komm zurück, ich verstehe deine Tochter nicht mehr, komm zurück.« Sie meinte meinen Vater, und mir zog es vor Kummer das Herz zusammen, es wurde vor Kummer ganz klein, Señor, und an dem Abend sagte ich zu Nora, die immer noch die Augen geschlossen hielt: »Norita, du, wenn du irgendwas brauchst, sag mir Bescheid, ich bin nur noch deinetwegen hier, wenn du nicht wärst, wäre ich morgen oder übermorgen weg, aber du bist nun mal hier, und das ist ein Glück, Nora, das ist ein Glück, glaub mir, auch wenn die Große Lea sagt, du wärest ein Unglück, das sagt sie nur, weil sie die Nerven verloren hat, weil sie nicht mehr will, nicht mehr will. Aber wenn du irgendwas willst, sag es mir, Nora, lass es mich wissen, zeig es mir, du findest schon einen Weg, aber nicht so, Nora, denn du bringst uns noch um, du bringst mich noch um, Nora, du bringst mich um.« Und da machte meine Schwester die Augen wieder auf, Señor.

Das, was Nora da tat, zerriss mir die Seele. Weil ich vom Leiden wenig weiß, Señor. Jetzt weiß ich, wie es ist, an einen toten Vater zu denken und sich nach ihm zu sehnen, ich weiß, wie sich der Schmerz der Erinnerung, der Vergangenheit, anfühlt, ich habe verstanden, was die Zeit ist und dass auf der Vergangenheit immer ein Schleier von Traurigkeit liegt. Aber vom Leiden weiß ich nichts, oder vielleicht nicht genug. Und zusehen zu müssen, wie meine Schwester diese Dinge tat, verursachte mir Leid, denn das kann ich, ich kann mich um sie kümmern, und wenn sie nicht zuließ, dass ich mich um sie kümmerte, dann blieb mir in diesem Leben nichts mehr, was ich konnte. Nach der Sache mit der Badewanne sah sie durch uns hindurch, sie sah uns nicht mehr an. Und jedes Mal, wenn wir sie mittags oder abends fütterten oder ihr ein Stück Obst schälten, warf sie die Messer so herunter, dass sie dicht an ihrem Körper landeten. Manchmal erwischten wir sie dabei, wie sie ihren Kopf gegen das Kopfteil ihres Bettes schlug. Oder sie machte sich so steif, dass man sie nicht bewegen konnte, und weil sie das immer wieder tat, gaben wir es schließlich auf, sie runter ins Wohnzimmer zu tragen, aus Angst, sie nicht mehr auf dem Rücken tragen zu können, Señor, so sehr spannte sie die Muskeln an. Also lag Nora die ganze Zeit in ihrem Bett, und ich dachte, dass es vielleicht das wäre, was sie wollte, was sie in ihrer gewalttätigen stummen Sprache verlangte. Manchmal legte ich mich neben sie und sagte: »Norita, willst du nicht runter in den Hof? Soll ich dir Erde bringen? Was vorlesen? Was vorsingen?« Und meine Mutter, die reizbar war und oft weinte, rief, wenn sie durchs Haus lief: »Geranien, Lavendel, Tulpen, Kamelien, Begonien, Azaleen«, um sich abzulenken, Señor, weil sie nicht verstand, was mit ihrer Tochter los war. So lief sie also herum und rief Blumennamen, als ob mein Vater noch bei ihr wäre. Und ich weinte nicht eine Träne, aber in meinem Magen pulsierte das Feuer, während ich versuchte, zu verstehen, zu verstehen, Señor, und mich nicht mit dem Gedanken abzufinden, dass die Welt tatsächlich unterging.

ICH HATTE MAL EINEN GELÄHMTEN HUND

Der Bürgermeister hatte das Sommerfest im August abgesagt, weil es ihm obszön erschien, zu feiern, wo er doch felsenfest davon überzeugt war, dass die Welt unterging. Im Dorf wurde gemunkelt, er hätte den Keller seines Hauses für das Ende der Welt hergerichtet und mit Kopf- und Sofakissen ausgelegt, weil er sich vorstellte, dass die Welt in tausend Teile zerspringen würde, und ganz bestimmt würde eines davon ihn und seine Familie treffen, und allein die Vorstellung, eine seiner Töchter könnte Schmerzen leiden, machte ihn wahnsinnig. Und damit das nicht geschah, fiel ihm nichts Besseres ein, als seinen Keller weich auszustaffieren.

Eines Nachmittags, als wir in Javiers Bar saßen und Catalina mir gerade gestand, dass das mit den Hühnern eigentlich gar nicht so schlimm war, weil die Arbeit in der Käserei sich nach der Enttäuschung mit Miguel erledigt hatte, Señor, erschien Marco. Er war an dem Tag spät dran, weil die Dolores ihn seit der Sache mit Esteban nicht in Ruhe ließen. Sie schickten ihn nicht nur auf die Weide, sondern jetzt sollte er für sie auch noch Obst pflücken, Unkraut jäten, den Kauf von neuen Ländereien aushandeln und sogar für die übrigen Arbeiter kochen. Sie sagten, sie machten das zur Strafe, weil er ein schlechter Mensch war, und das drehte mir den Magen um, Señor, weil niemand so schlecht war wie die Dolores, denken Sie nur dran, was mit meinem Vater passiert ist. Jedenfalls sah er erschöpft aus, als er hereinkam, und sagte: »Habt ihr das vom Bürgermeister gehört?« Catalina machte große Augen und schüttelte den Kopf. »Nun, er hat gesagt, in der zweiten Septemberhälfte soll das Fest jetzt doch stattfinden, mitsamt Band, Viehauktion und Schönheitswettbewerb.« Catalina strahlte vor Freude, und Marco erzählte, der Bürgermeister täte das wegen Esteban, weil der dem Tod so oft entwischt war, dass man das Leben feiern müsste. Dann wandte sich Marco an mich und sagte sehr ernst: »Lea, ich dachte ...«, aber in diesem Moment kam Javier zu uns und sagte: »Lea, Lea, wenn du beim Schönheitswettbewerb mitmachst, stimme ich für dich, denn keine ist so schön wie du.« Und dann herrschte Stille zwischen uns, Señor, denn der Satz klang so gar nicht nach Javier, und selbst sein Körper erschien merkwürdig, sein Gesicht war verzerrt und sein Mund ganz faltig, so seltsam mussten ihm die Worte seiner eigenen Stimme erscheinen, denn Javier sagt so etwas nicht, Javier ist jemand, der verstohlen lächelt und unauffällige Gesten macht, und man konnte mir meine Überraschung ansehen, auch wenn Catalina sagt, ich hätte eher misstrauisch ausgesehen.

Ich war stumm wie eine Pflanze, denn noch nie in seinem Leben, Señor, noch nie in seinem Leben hatte Javier mir gesagt, ich wäre schön. Ich hatte so lange auf diesen Moment gewartet, dass ich nicht wusste, was ich sagen sollte, denn eigentlich hatte ich mir immer vorgestellt, wenn Javier mich endlich einmal schön nennen würde, würde ich vor Freude Luftsprünge machen, ich hatte mir sogar vorgestellt, wie ich vor dem Altar stand und ihm ewige Treue schwor, Señor, aber das wäre in anderen Zeiten gewesen, in einer anderen Gegenwart, anderen Jahren.

Als ich ihn jetzt hörte, Señor, kam mir der Gedanke, dass Javier sich bemühte, mich zu lieben, seit das Fohlen da war, weil meine Liebe leicht zu haben war, weil er wusste, dass ich ihn wollte, seit ich klein war, und weil er sich einsam fühlte. Und da sagte ich nein, nein, nein, und alle dachten, ich würde das sagen, weil ich nicht für alles Gold der Welt an diesem Schönheitswettbewerb teilnehmen wollte, Sie können sich ja denken, was ich von solchen Veranstaltungen halte, aber in Wirklichkeit sagte ich nein, weil mein ganzer Körper brannte, und das ist tatsächlich das Ende der Welt, Señor. »Lieb mich nicht jetzt, wo ich nicht mehr will, dass du mich liebst, denn ich will zwar die Liebe lernen, aber wir beide würden zusammen etwas anderes lernen«, hätte ich ihm gerne gesagt, aber ich sagte es nicht. Und Marco setzte wieder an: »Lea, ich wollte dir sagen, wenn du ...«, aber Catalina unterbrach ihn: »Also, wenn ich dieses Jahr den Schönheitswettbewerb gewinne, lasse ich mir von dem Preisgeld das Bein operieren.«

Es war der sechste Schönheitswettbewerb, den der Bürgermeister veranstaltete, Señor, und jedes Jahr gewinnt eine seiner Töchter. Catalina lässt sich immer wieder aufstellen, jedes Jahr mit der gleichen Begeisterung, Señor, jedes Jahr mit der gleichen Hoffnung, weil Catalinas Gedächtnis kurz und ihre Beharrlichkeit lang ist. Jedes Jahr war eine Tochter des Bürgermeisters gewählt worden, und deshalb würde in diesem Jahr die letzte Tochter dran sein, die die hübscheste von allen ist. Ich verstehe wenig von Schönheit, und es ist mir egal, ob man mich hübsch oder hässlich findet, weil ich in meinem Gesicht etwas von meiner Mutter und etwas von meinem Vater und etwas von meiner Großmutter Jimena habe, und von Nora habe ich auch etwas, und meine Augen sind die eines armen

Menschen, weil sie immer nur dasselbe gesehen haben, und meine Hände sind aus Staub und Erde, und meine Beine sind stark, weil sie immer dieselben Hänge auf und ab gehen, und meine Füße, Señor, meine Füße sind kaputt wie alle Füße im Dorf, weil der Asphalt hier so dünn ist, dass wir von den Steinen Schwielen haben.

In diesem Dorf verstehen wir nichts von Schönheit, aber die Töchter des Bürgermeisters haben etwas gehört und gesehen, sie waren an anderen Orten, und deshalb ist ihr Blick weit, und das macht sie schön. Ich denke, vielleicht ist Schönheit das, Señor: dass man weggeht und etwas sieht, wie diese Mädchen. Die Alten im Dorf stellten sie sich im Slip vor und wählten sie deshalb. Catalina, deren Schönheit anders ist, rauer, unebener, bekam immer drei Punkte: von Javier, von Marco und von mir. Ich bin schon immer gegen den Schönheitswettbewerb gewesen, Señor, weil der Bürgermeister seine Töchter ausstellt, wie wir unsere Kühe und weil ich weiß, weil ich fühle und ahne, dass das Schönste an diesen Mädchen ihr Kopf ist, wie bei mir, Señor, und dass die Intelligenz es nicht verdient, vor ein paar alten Männern ausgestellt zu werden, die sie gerne nackt sehen würden. Jedes Jahr sage ich zu Catalina: »Hast du vielleicht eine Schnauze, ein Euter zum Melken und einen Schwanz, um die Fliegen zu vertreiben?« Und Catalina entgegnet: »Gelb ist der Neid, gelb ist der Neid.«

An diesem Tag rauchten wir mehr, als gut für uns war, und als ich nach Hause zu meiner Mutter kam, schlief ich halb. Meine Mutter erzählte mir irgendwas, was Nora am Nachmittag angestellt hatte, aber ich dachte nur daran, wie gut es sich im Keller des Bürgermeisters schlafen ließe, in der ganz mit Kissen ausgelegten Zuflucht. Als meine Mutter mich am nächsten Morgen die Treppe runterkommen sah, sagte sie: »Als du gestern nach Hause gekommen bist, warst du ja vollkommen zu«, und ich sagte, um sie zu versöhnen: »Sieh nicht so finster drein, Mama, nächste Woche ist das Fest, und dann hole ich dich zum Tanz, versprochen.« »Tanz du lieber mit Javier, so muss das sein, mich hat immer dein Vater zum Tanzen geholt, und jetzt tanze ich nur noch mit den Kaninchen.« Und ich dachte, Señor, wenn das Leben von nun an so weiterginge, mit Nora, die langsam starb, und meiner Mutter, die mich bestrafte, dann sollte die Welt untergehen, und zwar bitte gleich.

Eine Woche lang schufteten wir uns alle krumm und lahm, um das Dorf bis in den letzten Winkel herauszuputzen. Die Neue half auch mit, und weil sie Malerin war, hängte sie ihre Bilder an die Hauswände. Direkt neben den Laden hängte sie das, von dem ich gesagt hatte, es würde mir gefallen, das mit den Limetten in einem Weidenkorb. Ich glaube, Señor, es sollte eine Art Entschuldigung sein, aber ich wollte keine Entschuldigung von jemandem, der uns vor dem ganzen Dorf schlecht gemacht hatte. Also ging ich mit dem Bild unter dem Arm zu ihrem Haus, obwohl es wirklich schwer war und mir von der Sonne und der Anstrengung der Schweiß ausbrach. »Ich will das Bild nicht in meiner Nähe haben«, sagte ich, und sie stieß ein überraschtes, gekünsteltes Lachen aus, Señor, total künstlich. »Worüber lachst du, wenn du von nichts eine Ahnung hast?« Da hatte sie also ihr Bild wieder zurück, und während der ganzen Tage, in denen wir das Dorf für das Fest schmückten, trug ich es wieder und wieder zu Jimenas Haus, weil die Neue es immer wieder neben die Ladentür hängte. Ich hatte keine Ahnung, was sie dazu trieb, aber irgendwann hatte ich genug davon, es dort hängen zu sehen, und nachdem ich es zig Mal zu Jimenas Haus zurückgetragen hatte, beschloss ich eines Tages, sie ein für alle Mal daran zu hindern, es wieder aufzuhängen. Ich holte meine Schwester aus dem Bett und lud sie mir auf den Rücken. Die Arme, der inzwischen alles egal war, lag mit ihrem ganzen Gewicht auf mir, ohne sich steif zu machen oder sonst irgendwie zu wehren, und ich sagte: »Nora, ein bisschen frische Luft wird dir gut tun, wenn du noch länger im Bett liegst, vergisst du noch, wie die Straßen hier im Dorf aussehen.« Irgendwie schafften wir es die Treppe hinunter, und unten setzte ich sie in den Rollstuhl und schob sie bis vor den Laden. Dort stellte ich sie genau dort vor der Wand ab, wo die Neue hartnäckig immer wieder dieses verdammt Bild aufhängte. Nora beklagte sich nicht, obwohl ihre Knie voller blauer Flecke waren. Aus Angst, dass sie ihre Beine bewegen und sich ein Messer in den Körper jagen könnte, hatten wir sie in letzter Zeit so selten runter ins Wohnzimmer getragen, dass wir beide die letzte Stufe hinunterfielen, ich mir die Stirn aufschlug und Nora sich die Beine. Aber ich machte das auch, Señor, weil ich einfach nicht glauben konnte, dass Nora nicht mehr aus dem Bett geholt werden wollte, und weil ich mir nichts sehnlicher wünschte, als diese Tatenlosigkeit zu beenden, in der ich lebte.

Ich war gerade dabei, die Girlanden zu entwirren, die auf dem Platz aufgehängt werden sollten, da kam die Neue schon wieder mit dem Bild unter dem Arm an. Als sie Nora erblickte, die sie noch nie gesehen hatte, blieb sie ein paar Minuten lang still stehen und betrachtete sie. Das Bild, das unter ihrer Achsel klemmte, rutschte langsam zu Boden. Anscheinend hatte sie irgendetwas an Nora entdeckt, das sie für einen Augenblick vergessen ließ, dass sie immer noch das Stillleben unter dem Arm hatte. Ich dachte, dass es kaputtgehen würde, wenn es herunterfiel, und meine Beine wollten sich gerade in Bewegung setzen, um hinzulaufen und es aufzufangen, da verzog die Neue das Gesicht, drehte sich um und verschwand mit dem Bild auf Nimmerwiedersehen. Einerseits war ich erleichtert, Señor, aber gleichzeitig hätte ich zu gerne gewusst, was die Frau am Anblick meiner Schwester so verwundert hatte. Vielleicht war sie von Noras Blick oder ihrem schlaffen Körper beeindruckt gewesen, oder vielleicht, Señor, hatte sie ihr leid getan, wie allen Leuten. Ich weiß es nicht, aber ich kümmerte mich weiter um meine Girlande und sagte zu Nora: »Gut gemacht, Norita, gut gemacht.«

Sie können sich nicht vorstellen, Señor, was für ein Donnerwetter meine Mutter veranstaltete, weil ich Nora mit nach draußen genommen hatte. »Kapierst du denn nicht«, schrie sie, »kapierst du denn nicht, dass Nora nicht mehr raus kann?« Und ich sagte: »Mama, Nora muss öfter mal raus, sie hat ja gar keine Freude mehr, siehst du denn nicht, wie friedfertig sie ist?« Und sie sagte: »Deine Schwester weiß gar nicht, was Freude ist, und sie wird es auch nie wissen, weil sie es nicht versteht, Lea, sie versteht nichts von Freude, und es hat uns gerade noch gefehlt, dass das ganze Dorf sie in ihrem Zustand sieht.« Sie täuschte sich, Señor, meine Mutter täuschte sich, aber ich konnte nichts dagegen tun.

Zur Eröffnungsrede hatte der Bürgermeister seinen ganzen Trupp Töchter mitgebracht, und seine Frau stand neben ihm. Er erzählte irgendwas davon, wie glücklich wir uns schätzen konnten, dort zu leben, wo wir lebten, und dort zu sterben, wo wir aufgewachsen waren, und Sie können sich ja vorstellen, was das in mir auslöste. Ich verbrannte nur deshalb nicht bei lebendigem Leibe, weil sowas nicht passiert, aber ich stand ganz dicht an den Flammen. Und von da an lief nichts mehr wie geplant. Eigentlich sollte es ein ganz normales Fest werden, bei dem nichts Aufregenderes geschah, als dass man tanzte und die Kühe auf dem Dorfplatz ausstellte und das einzige Gefühl die Freude war, am Leben zu sein, und der Stolz, in diesen Straßen zu leben. Aber Sie wissen ja, dass hier alles paarweise passiert: Wenn Catalina sich verliebt, greift der Tod nach Esteban, und wenn Javier beschließt, mich zu lieben, fängt meine Schwester an, merkwürdige Dinge zu tun. Nun, und beim Augustfest, das weiterhin so hieß, obwohl wir es im September feierten, geschah ganz vieles paarweise, und während das Leben für einige von uns durcheinander geriet, brachte es anderen die Lösung.

Ich hatte meine Mutter überredet, Nora einen Rüschenrock anzuziehen und sie mit zum Platz zu nehmen, obwohl meine Mutter sagte, wir müssen aufpassen, denn wenn Nora zu Hause Messer herunterwirft, wer weiß, was ihr dann einfällt, wenn das ganze Dorf zusieht, und wir drei sollten besser zu Hause bleiben, wo wir Nora ins Bett legen und auf sie aufpassen können, wenn sie auf die Idee kommen sollte, mit dem Atmen aufzuhören. Allein bei der Vorstellung, in diesem Haus zu hocken, das mir allmählich zu groß wurde, wie es Jimena mit ihrem Haus ergangen war, drehte ich durch. Meine Mutter sagte, aber was sollen wir sagen, wenn die Leute Fragen stellen, und sie werden Nora anstarren, und was, wenn sie in die Windeln macht, und was, wenn sie anfängt zu schreien, und was und was und was. Und ich sagte: »Mach dir keine Sorgen, Mama, wenn das passiert, bringe ich sie einfach schnell nach Hause und beruhige sie oder windele sie oder lege sie ins

Bett, was auch immer, Mama, was auch immer.« Und schließlich gab sie nach, Señor, weil sie die Vorstellung auch nicht ertrug, zu Hause zu sitzen und zu jammern.

Also hängte sich meine Mutter bei mir ein, ich schob Noras Rollstuhl, und so gingen wir den Hang hinauf bis zum Platz, und schon von Weitem hörten wir die Band dieses Lied spielen, in dem es heißt *Was ist, was ist, was ist nur mit deinen Augen, dass sie mir die Sinne rauben*. Ich rief: »Mama lass uns tanzen!«, denn ich tanze genauso gern wie meine Mutter, Señor, und ich bin mir sicher, wenn Nora könnte, würde sie auch tanzen, denn ich glaube, das ist erblich, der Spaß an so etwas ist erblich. Als wir ankamen, sah ich Catalina; sie trug ein Kleid, das ihrer Mutter gehört hatte und ihr bis übers Knie ging und tanzte mit einem Glas in der Hand. Und ich sah Marco, der sich gerade am Tresen einen Drink bestellte. Den Tresen hatte Javier aufgebaut, er schenkt während der Dorffeste immer die Getränke aus, und in der Zeit bleibt die Bar in Pueblo Grande geschlossen. Ich ließ meine Mutter bei Marcela und Marga stehen, die ein Schwätzchen hielten. Nora ließ ich auch dort, und ich sah das Gesicht meiner Mutter nicht, als die beiden sagten: »Ist es nicht ein Jammer, Nora so zu sehen, wo sie doch tanzen sollte wie die anderen jungen Leute in ihrem Alter?« Ich sah das Gesicht meiner Mutter nicht, weil ich beschloss, mich nicht umzudrehen, und ging weiter, bis ich bei Marco war. »Was ist los, warum tanzt du nicht?«, fragte ich ihn. Marco sah mich an, und ich merkte, dass er angetrunken war und dass das schwache Tier, das er in den letzten Wochen gewesen war, nicht mehr da war, es war verschwunden, und jetzt war er wieder der Kampfstier, dem das Blut den Rücken hinunterläuft. Er sagte: »Dich wollte ich sehen«, und in diesem

Augenblick kam Javier um den Tresen herum und hielt mir seine Lippen für einen Kuss hin. Das war mir peinlich, aber ich küsste ihn trotzdem, und er schenkte mir lächelnd etwas ein, und als er zu einer der Töchter des Bürgermeisters hinüberging, um sie zu bedienen, sagte Marco: »Kriege ich auch einen?« Ich lachte schallend, und er lachte auch, weil mein Lachen so ansteckend und unaufhaltsam wie die Pest ist, Señor.

Wir beide sahen Catalina beim Tanzen zu, und Marco sagte: »Catalina hatte schon immer eine Schwäche für mich.« »Das weiß das ganze Dorf.« »Hör mal, Lea, ich wollte dir sagen ...« Aber in diesem Moment kam Catalina zu uns und sagte hochzufrieden: »Ich habe die Band um das Lied gebeten, in dem es heißt *schlecht, schlecht, schlecht ist dein Wesen und schlecht, schlecht, schlecht ist dein Herz.* Marcos Bitte um einen Kuss hatte mich schon zum Lachen gebracht, aber als ich jetzt Catalinas Bitte hörte, gab es kein Halten mehr. Wir wollten gerade in die Mitte des Platzes gehen, um zu tanzen, da erschien Juanita, ganz in Schwarz, die linke Hand auf der Brust. Und als Catalina und ich auf sie zugingen, brach es aus ihr heraus: „»Ach herrje, dein Vater, Catalina, dein Vater!« Verängstigt rief Catalina: »Was ist mit ihm, was ist mit ihm?«, weil sie dachte, ihm wäre etwas zugestoßen, aber Juanita sagte: »Ich bin nicht mehr Juanita! Jetzt bin ich wieder Julitos Schwester Juana! Dein Vater hat mir aus Versehen das Haus angezündet, Catalina! Und außerdem sagt er, er liebt mich nicht mehr, dass er vorher schon wusste, was Liebe ist, und dass er mich nicht mehr liebt!« Ich rief: »Aber Juana, dich liebt das ganze Dorf, und ihn mögen nicht mal die Sträucher!« Und Catalina, die einen Schritt zurückgetreten war, murmelte: »Wenn er nicht mal mich liebt, wie soll er dann dich lieben.« Dann packte sie mich am Arm und sagte: »Ich will nicht, dass mein Vater wieder bei mir einzieht.« »Aber wohin soll er denn sonst gehen, Catalina, wo soll er unterkommen?« »Soll er doch in den Wald gehen, soll er doch«, antwortete sie. Und Juana rief immer wieder: »Ach, herrje, Catalina! Ich hatte ja keine Ahnung, ich dachte, das würde nicht mehr passieren, aber dein Vater hat mich getäuscht, er wollte nur den Wein, den ich im Haus hatte, und ich weiß nicht, wie es passiert ist, dass er mir das Sofa angezündet hat!« Und dann sahen wir plötzlich Catalinas Vater näherkommen, und alle sahen ihn an, als er den Platz betrat, und alle, ausnahmslos alle mit den Augen von Dörflern.

Die Frauen stürzten sich auf ihn und beschimpften ihn: »Wir haben dich gewarnt, wir haben dich ja gewarnt, dass wir dir was antun würden, wenn du Juana auch nur ein Haar krümmst.« Und die Männer gingen zu Juana und sagten dasselbe: »Wir haben dich gewarnt, wir haben dich ja gewarnt, dass er ein schlechter Wein ist, ein miserabler Jahrgang.« Catalina ging auf ihn zu und rief immer wieder »Papa! Papa! Papa!«, und in diesem Augenblick fiel mir ein, dass ich niemanden mehr hatte, den ich Papa nennen konnte, und ein seltsames Gefühl überkam mich. Und ich musste an das Augustfest vom letzten Jahr denken, Señor, als ich klatschte und mein Vater zu dem Lied tanzte, in dem es heißt *wenn du wirklich weißt, dass ich dich liebe, mach mich glücklich, Liebster.* Und so, wie ein Rudel Tiere an mir vorbeigelaufen war, als ich die Neue sah, liefen jetzt in der gleichen Geschwindigkeit Bilder von meinem Vater an mir vorbei, wie er mir ein Glas Wasser an den Mund hielt, weil ich so klein war, dass ich es sonst verschüttet hätte, oder wie er mir das Rinderfilet auf dem Teller zurechtschnitt, oder wie er mir das Wachstum der Pflanzen erklärte und immer wieder sagte: »Geduld, meine Lea, Geduld ist alles im Leben.« Und wie schwer der Blick meines Vaters wurde, wenn er Nora ansah, Señor, beladen mit kiloweise Traurigkeit, und ich erinnerte mich sogar an den Satz, den er immer zur Großen Lea gesagt hatte: »Ich glaube, dass Nora leidet, ich glaube, dass Nora leidet.« Und zwischen all diesen Erinnerungen tauchte in meinem Kopf das Bild von Marco auf, wie er zu mir sagte: »Dein Problem ist, dass du zu wenig weinst.« Und da fielen auch schon die ersten dicken Tropfen, als ob meine Augen eine Quelle wären, fielen und fielen und fielen. Weil ich nie wieder einen Vater haben werde, Señor, ich weiß ja nicht, ob Sie einen haben, aber ich habe keinen, und das wurde mir in diesem Augenblick bewusst, während die Dorfbewohner eine unglücklich Verliebte trösteten und einen missratenen Kerl bedrohten. Denn wenn mein Vater da gewesen wäre, hätte er mich bei der Hand genommen und gesagt: »Meine Kleine Lea, Javier liebt dich nicht, hab Geduld und finde dich nicht damit ab.«

Zum ersten Mal seit Monaten, seit Jahren, brach ich vor Kummer in Tränen aus und fühlte, wie es meine Eingeweide zerriss, und diesmal war es kein Feuer, sondern Verzweiflung, Verzweiflung über mein Leben, über meinen toten Papa, meinen Papa, der jetzt ganz alleine war, ohne Töchter, ohne Frau, ohne Kaninchen, ohne Haus, ohne Dorf, ohne Leben, Señor, ohne Leben. Und mitten im Tumult und mitten im Gedränge der Dorfbewohner ergriff ich Noras Rollstuhl, sah ihr in die Augen und fragte: »Nora, leidest du?« Und meine Schwester, als ob sie verstünde, Señor, als ob sie verstünde, machte den Mund auf, wie damals, als das Unglück mit meinem Vater geschah, und ein Schrei blieb in ihr stecken. Vielleicht, weil sie meine Tränen sah, mit denen nicht einmal ich was anfangen konnte, sodass ich mir einfach nur die Augen rieb, ich rieb mir die Augen, um die Tränen zurückzudrücken. Vielleicht machte sie aber auch den Mund auf, weil Catalinas »Papa, Papa, Papa« ihr bewusst machte, dass sie auch keinen Vater mehr hatte. Oder aus irgendeinem anderen Grund, aber in diesem Moment wollte ich nicht denken, dass ihr herunterhängender Kiefer bedeutete ja, ja, ja, ich leide von Sonnenaufgang bis Sonnenuntergang.

Ich hatte keine Zeit, weiterzudenken, denn als der Bürgermeister den Tumult bemerkte, unterbrach er die Musik, schnappte sich das Mikrofon und erklärte den Schönheitswettbewerb für eröffnet. Alle liefen los, um sich Stühle zu holen, und machten es sich vor der Bühne bequem. Marco und Javier setzten sich neben mich, obwohl Marco sich nicht setzen wollte, bis ich ihm befahl: »Setz dich hin, Marco, mach kein Theater, dies ist Catalinas Moment.« Marco sah mich an und bemerkte, dass ich geweint hatte, er bemerkte es eher als Javier, Señor, und sagte: »Sag mir, wer dich zum Weinen gebracht hat, und ich bringe ihn um.« Ich sagte: »Red leiser, nein, nein, nein, es ist nicht so, wie du denkst«, und er wiederholte: »Ich bringe ihn um.« Und das sagte er so laut, Señor, dass alle zu uns herübersahen, und ich packte Marco, der immer wieder sagte, »Ich bringe ihn um, ich bringe ihn um«, am Arm, und man hörte, wie seine Mutter sich bei ihren Nachbarinnen beklagte: »Mein Sohn ändert sich nie, er ändert sich nie!« Marco dachte nämlich, Javier hätte mich zum Weinen gebracht, und jetzt sah er ihn mit einer Miene an, die sagte »Es ist mir egal, ob du mich bei dir aufgenommen hast, ich haue dir trotzdem aufs Maul« und dann packte er Javier am Hals, zog ihn vom Stuhl hoch und schlug ihm die geballte Faust ins Gesicht. Aber ich hielt seinen Arm fest, der schon zum zweiten Schlag ausholte, weil ich stark bin, Señor, und biss ihn, bis es blutete. Damit er wieder zur Vernunft kam, Señor, und mir zuhörte. Er drehte sich zu mir um, und ich dachte, ich würde den Schlag abbekommen, aber er legte nur seine Stirn an meine, wie er es immer tat, wenn ich bei seinen Streitigkeiten dazwischen ging, und sagte mir endlich, so leise, dass niemand außer mir es hörte, was er mir schon die ganze Zeit sagen wollte: »Wenn du von hier fortgehst, helfe ich dir, Lea, ich hole dich raus aus diesem idiotischen Dorf, damit du glücklich werden kannst.« Und dann standen plötzlich zwei Typen neben uns, die ich schon öfter in Pueblo Grande gesehen hatte, und nahmen ihn mit, und er war so betrunken, dass er sich von ihnen fortschleifen ließ, und ich sah nicht, wohin sie ihn brachten, Señor, weil ich mich zu denen umdrehte, die Javier zu Hilfe geeilt waren.

»Javier«, sagte ich, während ich sein Gesicht streichelte, »ganz ruhig, der Kerl hat keine Ahnung, er ist betrunken und hat keine Ahnung, aber ich weine wegen etwas anderem, er hat sich geirrt.« Und Javier nickte nur und setzte sich ohne ein Wort wieder hin, und alle anderen nahmen ebenfalls wieder Platz. Es lag ein Gemurmel in der Luft, und der Bürgermeister stand still und verwundert auf der Bühne, das Mikrofon in der Hand. Dann sah ich Catalina, die schon auf die Bühne gestiegen war und zu Boden starrte, und wusste gleich, dass sie sich hässlich fühlte und zum ersten Mal seit Jahren ihre Tränen zurückhielt. Und um die Situation zu retten, fiel mir nichts anderes ein, als zu rufen: »Catalina, die Schönste, die Schönste!« Und das ganze Dorf brach in Beifall aus.

Beim Schönheitswettbewerb traten zwei Schwestern aus Pueblo Grande an, die Enkelinnen von jemandem, der eine Zeitlang hier im Dorf gewohnt hatte, ein *Kobold* wie Sie, Señor, der bald gemerkt hatte, dass hier nicht die Zukunft liegt. Außerdem die sechste Tochter des Bürgermeisters und Catalina. Wir wussten alle, dass die beiden Schwestern so schnell wieder von der Bühne runter sein würden, wie sie heraufgestiegen waren, weil niemand hier etwas von ihnen wusste und die Leute sich lieber beim Bürgermeister einschmeicheln oder eine einheimische Schönheit wählen wollten wie Catalina. Und damit es nicht so aussah, als würden die Mädchen wie Vieh behandelt, mussten sie zuerst etwas vorführen, was sie einstudiert hatten, wie bei der Viehschau, Señor, genau so, wo man den Zuschauern zuerst die Euter zeigt, damit alle sehen, dass sie gute Milchkühe sind, und sie melken lässt, damit alle merken, wie zufrieden und wohlgenährt sie sind. Die beiden Schwestern führten also einen Tanz vor, der vollkommen lächerlich war, Señor, aber sie hatten ein Rhythmusgefühl, für das ich sie bewunderte und um das ich sie beneidete. Die Tochter des Bürgermeisters sagte ein Gedicht auf und bewegte kaum die Lippen dabei, und ich drehte mich um, um mir die Dorfbewohner anzusehen, die beifällig murmelten, sehr schön, ganz wunderbar, wir verstehen kein Wort von dem, was du sagst, aber du machst das großartig, und dann diese sanfte Stimme. Mir war das Ganze zu langweilig, Señor, fader als Krankenkost. Und dann ging Catalina ans Mikrofon, mein Hinkebein, um ein Lied zu singen, das sie selbst geschrieben hatte. Ich habe Ihnen nämlich noch gar nicht erzählt, Señor, dass Catalina sich

Lieder ausdenkt, seit sie klein war, um sich ihre mutterlosen Tage leichter zu machen. Ich weiß nicht, ob sie gut sind, ich verstehe nichts davon, aber wir sagen ihr immer: »Sing, Catalina, sing, die Lieder sollen nicht auf dem Papier stehen bleiben, da hört sie keiner.« Catalina nahm sich das Mikrofon und sang eines von den Liedern, die sie sich ausgedacht hatte und in dem es hieß *Ich komme vom Stall, weil ich Liebe will, weil ich lieben will.*

Alle applaudierten, nur ich nicht, Señor, denn ich glaube, als ich Catalina da so stehen sah, Catalina, die nur in unseren Augen schön war, wegen ihrer Art und wegen dem, was sie im Kopf hatte, und als ich sah, wie sie die Tränen zurückhielt, wurde mir klar, dass dies in Wirklichkeit meine letzten Tage hier im Dorf waren. Als ich mein Hinkebein da so sah und singen hörte, war ich sicher, dass ich mich an all das, was ich gerade sah, später von einem anderen Ort aus erinnern würde, voller Nostalgie über das, was vergangen ist und nicht wiederkehrt. »Was ist los, Lea?« »Nichts, Javier, die Welt geht unter, und es stimmt: Wir sind nicht darauf vorbereitet.«

Ich liebte Javier nicht, Señor, ich mochte ihn, was etwas anderes ist, ich mochte ihn, seit ich klein war, seit er an mir geschnuppert hatte und sogar schon, bevor ich geboren wurde, aber jemanden mögen ist nicht genug, jemanden mögen bringt dich nirgendwohin. Und sich um jemanden kümmern auch nicht, Señor. Mir fiel wieder ein, was mein Vater zu meiner Mutter gesagt hatte: »Ich glaube, dass Nora leidet, dass Nora leidet.« Und als hätte ich plötzlich neue Augen, Señor, Augen, die leuchtender, klarer, weiter sehen konnten, drehte ich mich zu meiner Schwester um, die in ihrem Rollstuhl saß, den Mund so weit offen, dass das Kinn ihr fast auf die Brust hing, die Hände im Schoß, reglos, genau so, wie ich sie aus dem Bett geholt hatte. Reglos und tot, Señor, denn ja, meine Schwester atmete, aber wer konnte schon wissen, wie lange noch, denn meine Schwester wurde schon tot geboren. Und wir haben unser Leben lang so getan, als würde sie leben, als könnte sie fühlen.

Sehen Sie mich nicht so an, Señor, es stimmt, meine Schwester fühlt, aber sie fühlt und leidet, sie leidet entsetzlich, sie leidet an der Welt, in der sie nicht lebt, sie leidet am Leben, das sie nicht lebt. Und während das Dorf die Schönste kürte, sah ich Nora an, die für mich immer die Schönste von allen gewesen ist. Und während sie die sechste Tochter des Bürgermeisters zur Siegerin erklärten, ging ich zu Nora und flüsterte ihr ins Ohr: »Wirfst du mit Messern auf dich, weil du sterben willst, Norita, willst du sterben?« Und während die Dorfbewohner applaudierten und Catalina von der Bühne herabstieg und sich nach einer Mutter sehnte, die sie in diesem Augenblick in den Arm genommen hätte, drehte sich Nora zu mir herum, meine reglose Schwester, Señor, um mich anzusehen, und blieb eine ganze Weile so sitzen, den Blick fest auf mich gerichtet, und ich nahm ihre Hand und kratzte sie ein wenig, damit die Tränen fließen konnten, die sie hier mit mir weinen musste, auf dem Platz dieses Dorfes, von dem sie nie etwas gehabt hatte.

Wissen Sie, Señor, es kommt mir vor, als wäre das, was ich Ihnen erzähle, schon vor Jahren passiert, weil ich mich alt fühle. Mit neunzehn fühle ich mich älter als meine Großmutter, die schon tot ist. Die Welt starb gestern, aber ein bisschen starb sie auch an diesem Tag, an diesem Abend. Denn später, als Javier, der nichts mehr ausschenkte, weil alle schon betrunken waren, mit Catalina tanzte, kam die blonde Frau auf mich zu, die Fremde, die Unerwünschte, und weil ich geweint hatte – und ich nehme an, Sie wissen, dass man sich nach dem Weinen immer ein bisschen leer fühlt und gleichzeitig das Gefühl hat, dass die ganze Haut wund ist –, fühlte ich mich ihr schutzlos ausgeliefert, wenn sie mich attackieren wollte.

Noch bevor sie etwas sagen konnte, sagte ich, weil auch das Weinen mich nicht davon abhalten konnte, offen und ehrlich zu sein: »Ich weiß nicht, warum, aber wenn ich dich ansehe, trotten Tiere durch meinen Kopf.« Sie war sich nicht sicher, ob das etwas Gutes oder etwas Schlechtes war, und sagte: »Wenn ich dich ansehe, sehe ich mich selbst.« Das sagte sie, Señor. <u>»Ich sehe dich an, und irgendetwas an dir erinnert mich an die junge Frau, die ich einmal war. Ich war nämlich wie du, ich kämpfte und sagte, was ich dachte, so wie du, aber dann ist mein Leben durcheinander geraten.«</u> Das sagte sie zu mir, Señor, genau das gleiche, was ich zu Ihnen gesagt habe, das gleiche, was ich schon immer gedacht habe. Während sie redete, beobachtete ich sie, wie ich es damals vom Hinterraum aus getan hatte, und kam zu dem Schluss, dass ich Wolfsrudel an mir vorbeitrotten sah, wenn ich sie betrachtete, denn sie hatte recht, und ich sah in ihr auch etwas, das mich an mich erinnerte, vielleicht, weil ich irgendwann einmal eine Frau wie sie sein werde, schön, weil ich anderes gesehen habe und weil ich von hier weggegangen bin, ich weiß es nicht, Señor. Sie fuhr fort: »Deine Schwester hat mich an einen Hund erinnert, den ich mal hatte, einen kranken, gelähmten Hund. Ich habe ihn aufgenommen, weil ich glaubte, niemand würde den Armen lieben, weil er eigentlich nur herumliegen konnte. Ich würde mich um ihn kümmern, ihm das Leben leichter machen, ihm Liebe schenken. Aber dann fing er eines Tages an, an den Kamin heranzukriechen, keine Ahnung, wie er das machte, er konnte ja nicht laufen. Trotzdem schleppte er sich immer wieder irgendwie an die Gluthitze heran, jeden Tag ein bisschen näher ans Feuer, und ich zog ihn immer wieder weg, weil ich Angst hatte, er könnte sich verbrennen, er könnte sich weh tun. Und eines Tages war ich so besorgt, weil er noch dazu aufgehört hatte, zu fressen und zu trinken, dass ich ihn zu einer Freundin brachte, die Tierärztin war, und die sagte mir, dass er litt. Er litt, weil er in einem Körper lebte, der tot war, und das war schrecklich, es war, als wäre man sein Leben lang in einen engen Pappkarton eingesperrt, mit zwei Löchern, durch die man die Welt sehen konnte, ohne an ihr teilzuhaben, und da verstand ich, wenn ich das Tier wirklich liebte, wenn ich ihn wirklich aufgenommen hatte, um mich um ihn zu kümmern, konnte ich nichts anderes für ihn tun, als ihn von seinem Leid zu erlösen.«

Entgeistert starrte ich die Blonde an und fragte: »Was willst du mir damit sagen?« Ich hatte mich schon wieder beruhigt, aber meine Augen waren die einer Dörflerin. »Nichts, ich will dir gar nichts damit sagen, nur, dass deine Schwester mich an meinen Hund erinnert hat, als ich sie kürzlich neben deinem Laden gesehen habe.« Am liebsten wäre ich aufgesprungen und hätte der Blonden gesagt, dass das, was sie da sagte, nur zeigte, wie herzlos sie war, und dass sie sich täuschte, dass wir keinerlei Gemeinsamkeiten hatten, und das, was sie in mir sah, gar nicht existierte, aber da kam meine Mutter mit Nora im Rollstuhl und sagte: »Ich gehe nach Hause, es ist spät, und ich muss ihre Windeln wechseln.«

Ich blieb nicht mit Javier und Catalina bis zum Ende des Festes, sondern sagte ihnen, ich wäre müde, und ging nach Hause. Es war so dunkel, dass man nichts sah, aber in der Dunkelheit erkannte ich Marco, genau hier, auf der Bank, auf der wir jetzt sitzen. Marco sah den Wald an. »Du überlegst dir doch nicht etwa, hineinzugehen und dich vom Grün verschlucken zu lassen, oder?«, fragte ich. Marco antwortete nicht, sondern hielt mir nur den Joint hin, und als ich ihn nahm, bemerkte ich, dass die beiden Männer, die ihn nach dem Irrtum über meine Tränen mitgenommen hatten, zusammengeschlagen hatten. Seine Finger waren geschwollen, er hatte eine aufgeplatzte Lippe und ein blutiges Auge, und sein Gesicht war rot, rot, rot. Ich blieb nicht lange bei ihm sitzen, Señor, aber ich sagte ihm, dass ich irgendwann, früher oder später, weggehen würde. »Das weiß ich schon«, sagte er und dann sagte er, wenn ich wollte, könnte er mir in der Stadt mit Meer eine Bleibe besorgen. »Nimm das Auto deines Vaters und fahr in die Stadt mit Meer; dort fährst du zu der Adresse, die ich dir geben werde, und da bleibst du erstmal, bis du eine andere Bleibe und andere Leute findest.« Ich sagte nichts, Señor, weil ich so müde war, dass ich nicht mehr wusste, ob ich wach war oder schlief, ob ich schon geweint hatte oder noch nicht. »Hier werden wir nicht mehr geliebt, Lea, seit das mit Esteban passiert ist, sind die Leute misstrauisch, sie grüßen nicht mehr, sie lächeln nicht mehr, sie verprügeln einen.« Und dann sagte er noch: »Das, was ich weiß, ist anderswo nicht nützlich, aber das, was du weißt, schon.«

DAS ENDE DER WELT

Ich schweige ein paar Sekunden lang, weil ich eine Pause brauche. Der Herr sieht mich an, und ich frage ihn, ob er den Wald nicht schön findet. Finden Sie den Wald nicht schön? Ich hatte immer Angst vor ihm, aber sehen Sie ihn sich nur an, gestern ist die Welt untergegangen, und der Wald ist immer noch da und macht immer noch Angst, warnt alle, dass, wer in ihn reingeht, nicht mehr rauskommt.

Wenn Sie sich morgen wieder mit Ihrem Hund verirren würden, würden Sie mich nicht mehr hier finden, in diesem Dorf, das ist es, was ich Ihnen zu erklären versuche. Denn heute Morgen haben meine Eingeweide gebrannt, und wenn der Magen brennt, muss man eine Entscheidung treffen, und mein Magen hatte schon lange nicht mehr gebrannt. Er hatte nicht mehr gebrannt, weil ich für ein paar Monate meine Lust, von hier wegzugehen, begraben hatte. Aber dann, im Oktober, oder vielleicht war es auch schon November, nachdem Catalinas Vater wieder bei ihr zu Hause eingezogen war und die Fenster wieder geschlossen blieben und die Kleider ihrer Mutter wieder in einem Koffer verstaut worden waren, nachdem Marco jeden Tag versucht hatte, zu seinen Eltern zurückzukehren, und sie ihm nicht die Tür aufmachten, weil sie ihn nicht mehr liebten, nachdem Javier jeden Nachmittag damit beschäftigt war, auf Anweisung des Bürgermeisters Särge für die Dorfbewohner zu machen, für jeden einen, Señor, nachdem Estebans Kummer so groß geworden war, dass er sagte

»Der Tod ist nahe und macht, dass ich nicht mehr vom Sofa aufstehen kann«, nachdem Juana wieder den Stuhl ihres toten Bruders neben ihren eigenen Stuhl gestellt hatte, nachdem ich eines Tages den Sohn der Neuen gerettet hatte, als ich ihn herumlaufen sah und er fast in den Wald gerannt wäre, Señor, in den Wald, und ich ihn warnte: »Bleib bloß immer auf dem Grundstück deiner Eltern, Kleiner, denn wenn du hier lebst, musst du wissen, dass der Wald tödlich ist, er ist tödlich«, nachdem das alles passiert war, Señor, blieb ich wochenlang im Haus bei meiner Schwester und versuchte zu verstehen, was sich langsam in mir auftat, bis meine Mutter sagte »Lea, Kind, geh ein bisschen an die frische Luft, sonst vergammelst du mir hier noch.« Catalina kam vorbei und versuchte, mich aus dem Haus zu locken, Señor, und ich sagte nein, nein, nein. Marco legte mir Gras, Kaugummis, Gemüse und Sobaos, die er im Laden gekauft hatte, vor die Tür und sogar ein Kälbchen, das meine Mutter umgehend zu ihm zurückbrachte. Ich wollte nicht aus dem Haus gehen, Señor, weil ich verstehen wollte, ich wollte verstehen, ob Nora wirklich nicht mehr weiterleben wollte.

Ich zählte, wie oft sie nachts mit dem Kopf gegen das Kopfteil des Bettes schlug. Dann lief ich zu ihr hin, hielt ihren Kopf fest und sagte: »Ganz ruhig, meine Nora, wir lieben dich hier, du wirst doch nicht vorzeitig gehen wollen.« Meine Mutter hatte wieder angefangen, im Laden zu singen. Und ich redete vor mich hin, Señor, ich redete laut vor mich hin und fragte meinen Vater: »Leidet Nora, Papa?«

Je näher das Ende der Welt kam, desto kläglicher war den Leuten zumute, sie trafen sich, um sich voneinander zu verabschieden. »Lasst uns an Weihnachten noch mal ordentlich essen, denn wenn wir tot sind, essen wir gar nichts mehr«, sagten sie. Und ich hatte nur Augen für Nora, Señor, und nahm hin, dass die Welt unterging, aber sie ging nun schon seit einem ganzen Jahr unter. Der Winter hörte auf, Winter zu sein, und wurde zu einem langen, langen Frühling, und ich war überrascht, wie wenig Kälte durch die Fenster hereindrang, denn hier, Señor, am Ende der Landkarten, haben wir eigentlich Winter, in denen man Lammfellkragen und doppelte Decken braucht, aber die Kälte ließ allmählich nach, und ich denke jetzt, dass die Toten deshalb kalt werden, weil die Welt heiß ist, wenn sie stirbt.

Eines Abends, nachdem ich den ganzen Tag bei Nora verbracht und ständig überprüft hatte, ob ihre Windeln voll waren, weil meine Schwester nämlich nicht mehr knurrte, wenn sie in die Windeln machte, weil sie sogar die Lust verloren hatte, sich sauber zu fühlen, ertappte meine Mutter mich dabei, wie ich die Ziege streichelte, die Javiers toter Vater war, und sagte: »Fass die Ziege nicht so viel an, Liebes, sonst bleibt der Gestank an dir hängen.« Ich sagte: »Das ist egal, Mama, wir können ja nicht riechen.« Später fragte sie mich: »Was ist los mit dir?«, und ich sagte: »Wenn ich gehe, komm mit mir mit, Mama.« Dieses Mal sagte ich es, Señor, weil mir schon die ganze Zeit das im Kopf herumging, was ich am nächsten Tag tun wollte. »Wir können nicht weggehen, Lea, wir kennen nichts anderes, wir kennen nur das Leben hier.« »Mama, ich glaube, Nora leidet.« Und meine Mutter sagte nein, nein, nein, »komm mir nicht wie dein Vater, meiner Nora geht es blendend, meine Nora trauert um deinen Vater, aber bald geht es deiner Schwester wieder besser, und dann ist sie wie immer.« Das sagte meine Mutter, aber ich sah etwas anderes. »Mama, Nora stirbt, genau wie die Welt.« Meine Mutter sah mich nicht an, als sie sagte: »Nein, nein, nein, wenn du das denkst, geh raus an die frische Luft, du hast deine Schwester jetzt so lange angesehen, dass du nicht mehr sehen kannst, du kannst nicht mehr klar sehen.« Dann schob sie mich zur Tür hinaus und ließ mich auf meiner eigenen Fußmatte stehen.

Ich streifte durch unsere vier Straßen, es war Nacht und still und gar nicht kalt. Unterwegs traf ich die blonde Frau, die von dem Platz kam, wo das Holz liegt, und mich fragte, was ich um diese Uhrzeit draußen machte, wo das Dorf doch in dieser Nacht wie ausgestorben war. »Ich bin draußen, um mir ein bisschen den Wind um die Nase wehen zu lassen, das tut gut«, sagte ich. Seit ich ihren Sohn davon abgehalten hatte, in den Wald hineinzulaufen, war die Blonde nett zu mir, und vielleicht sagte sie deshalb: »Soll ich offen zu dir sein? Dein Problem ist, dass du gehen willst.« Ich sagte keinen Ton, Señor, keinen Ton, weil ich es satt hatte, dass alle mir sagten, was mein Problem war. »Dein Problem ist, dass du gehen willst und weißt nicht, wie, weil du zu Hause einen Hund hast, der leidet, aber dein Leben, Lea …«, und bevor sie weiterreden konnte, sagte ich: »Du weißt nichts über mein Leben«, weil ich nicht die Kraft hatte, Señor, mir anzuhören, was eine Fremde mir zu sagen hatte, der ich immer noch nicht ganz vertraute. Die Leute von außerhalb, Señor, die Leute aus den großen Städten, halten sich für schlauer als alle anderen, aber manchmal wissen sie nichts, gar nichts.

Als ich nach Hause zurückkam, sang meine Mutter für Nora *ach, Liebste, wenn du mir das Leben lässt, lass mir auch meine fühlende Seele*. Und ich lag auf dem Kissen und grübelte, Señor, ich käute meine Gedanken stärker wieder als jetzt mit Ihnen, weil ich verstand, was das Ende der Welt war, weil ich verstand, dass die Welt mit meiner Nora unterging. Dieses Lied hatte mein Vater immer für meine Schwester gesungen, Señor, aber nur den Teil, in dem es heißt, *wenn in mir nur noch Schmerz und Leben bleiben, ach, Liebste, dann lass mich nicht leben.* Und da verstand ich endlich, dass meine Nora, meine herzallerliebste Schwester, leidet, wie der Hund der Neuen gelitten hat, Señor, und dass sie nichts weiter will als sterben, das Spiel beenden, das das Leben für alle anderen ist.

Nora will gehen, so wie ich gehen will. Ich kenne sie, Señor, anderes kenne ich nicht, aber Nora kenne ich. Und sie will gehen, weil ihr Leben keinen Sinn hat, weil es nie einen hatte, und sie weiß, Señor, dass ein Tag kommen wird, an dem niemand mehr ihr Gewicht tragen kann, an dem meine Mutter alt ist und meine Knochen schlaff geworden sind, mein ganzer Körper schlaff geworden ist vor Verbitterung darüber, dass ich hier geblieben bin, denn ich bin zwar erst neunzehn, aber ich wirke älter als meine Mutter, älter als Jimena. Nora will sterben, weil sie nicht lebt, weil sie in den Pappkarton eingesperrt ist, von dem mir die blonde Fremde erzählt hat. Weil sie kein Leben hat, sondern Tod. Aus Liebe, Señor, sie will aus Liebe sterben, aus Liebe zu mir, aus Liebe zu meiner Mutter, aus Liebe zu meinem Vater, aus Liebe zu dem Leben, das wir noch leben können, wenn sie nicht mehr da ist. Denn die Liebe ist ein Krieg, Señor, einer der schlimmsten Kriege, die es gibt, und Esteban hatte recht, die Liebenden sind Soldaten in einem Krieg, und Nora ist Soldat in einem verlorenen Krieg, und im Krieg, und sagen Sie mir nicht, dass Sie davon mehr verstehen als ich, im Krieg tötet man einen Kameraden, wenn er leidet. Man tötet ihn. Und Nora leidet, leidet, leidet.

Jimena, meine vergessene Großmutter, hätte es getan, und meine Mutter erzählt, sie hätte Nora angesehen, wie man niemanden ansieht, der zur Familie gehört, aber sie würde es tun, weil sie wusste, Señor, weil sie wusste, dass Nora litt, und weil sie wusste, dass sie eine Tochter geboren hatte, die es nicht schaffen würde, ihre eigene Tochter zu erlösen, aus Hochmut, aus Egoismus und weil wir in dieser Familie nicht wissen, wie man weint, und nichts von Kummer verstehen. Hätte Jimena sie geboren, dann hätte sie ihr Leid schon viel früher beendet, denn das Beste an meiner Großmutter war ihr Kopf, genau wie bei mir. Die einzige Lösung für unsere Welt, die Welt, die vor unserer Haustür anfängt und auf dem Hof mit der Ziege endet, ist, dass meine Schwester stirbt.

Meine Mutter hat Augen voller Träume, voller winziger Träume und kleiner Siege, denn ich weiß, dass meine Mutter gerne fröhlich wäre und es nicht sein kann, weil all ihre Fröhlichkeit aufgebraucht ist, und ich weiß, dass die Große Lea eine Last mit sich herumschleppt und dass diese Last meine Schwester ist. Und Nora weiß das auch. Wenn ich Nora helfe zu sterben, Señor, ist das genau so, wie wenn man einem verletzten Tier hilft zu sterben, glauben Sie nicht?

Eigentlich müsste meine große Schwester mir im Leben den Weg zeigen, denn das ist ihre Aufgabe als große Schwester, und ich habe immer, immer, immer gedacht, dass meine Schwester das nicht kann. Aber meine Nora hat mir den Weg gezeigt, sie hat gesagt, geh, auch wenn sie dich dann nicht mehr lieben, geh, du musst nicht hierher zurückkommen, denn die Welt ist weit, weit, weit, und die

Familie ist dafür da, dass man sich an sie erinnert, aber im Leben muss man vorwärtsgehen und sein eigenes Leben erschaffen, und wenn die Toten gehen, bleiben sie, denn der Tod ist nur ein Tag, aber das Leben viele. Und was mache ich hier bei Nora, Señor, außer zu sterben? Wir sterben beide, wenn ich bleibe, sterben wir. Deshalb glaube ich, dass meine Schwester, auch wenn sie leidet, auch wenn sie keine frische Luft kennt, das getan hat, was die Aufgabe einer großen Schwester ist, und das Durcheinander in meinem Leben gelöst hat.

ANDERES KENNE ICH NICHT

Ich denke nach, Señor, ich käue wieder, was ich morgen tun werde, weil ich gerade etwas getan habe, etwas, das mich mein Leben lang begleiten wird, ich habe die Welt getötet, Señor. An diesem Neujahrsmorgen, an dem es zu warm war für Januar, haben sich alle gleich nach dem Aufwachen an die Brust gefasst und festgestellt, dass ihr Herz noch schlägt, dass es immer noch das Blut durch ihre Adern pumpt, und ich stelle mir vor, wie die Eltern überprüft haben, ob ihre Kinder noch zwei Arme, zwei Beine, eine Nase und einen Mund haben, und Catalina hat heute Nacht ganz bestimmt geweint, und Marco hat getrunken, und Javier hat sicher sein Fohlen umarmt. Ich dagegen habe heute Nacht geschlafen, wie ich seit Jahren nicht geschlafen habe, Señor. Und ich frage mich, ob wir nicht doch schon alle tot sind und ob das der Tod des Lebens ist, wenn man trotz dieser Hitze im Januar weiterlebt. Ich weiß es nicht, Señor, anderes kenne ich nicht. Wenn Ihr Hund morgen verloren ginge, würden Sie mich nicht mehr hier im Schatten finden. Weil ich mir heute Morgen nicht an die Brust gefasst habe, ich habe mir an den brennenden Bauch gefasst, und dann habe ich meine Schwester geweckt, meine Nora, und habe ihr ein grünes Kleid angezogen, weil meine Schwester in Grün sehr hübsch aussieht, und ich habe ihr vorgesungen, seit ich sie geweckt habe. Während ich sie gewaschen habe, während ich ihren missgestalteten Körper betrachtet habe, habe ich gesungen. Ich habe ihr Zöpfe geflochten, zwei wunderschöne Zöpfe, und dann habe ich sie auf dem Rücken ins Wohnzimmer runtergetragen, ganz langsam, und dieses Mal sind wir nicht gefallen, und unsere Mutter schlief, sie schlief noch, weil sie gestern Abend lange wach war, Señor, sie hat auf das Ende der Welt gewartet und ist die ganze Nacht wach geblieben. Als ich mich gestern Abend von ihr verabschiedet habe, habe ich gesagt: »Wein ruhig, Mama, dein Problem ist, dass du zu wenig weinst.«

Deshalb hat meine Mutter heute Morgen geschlafen, und ich habe Nora ganz langsam in ihren Rollstuhl gesetzt und zu ihr gesagt: »Sieh nur, was für ein schöner Neujahrsmorgen, Nora, was für eine Sonne, wie warm es ist, und wie grün die Bäume sind.« Und das Holpern von Noras Rollstuhl über den Steinpfad ließ ihr Kleid fliegen wie Catalinas Röcke, als wir das Unkraut aus der Fassade rupften, genau so. Wie hübsch der Wald von hier aussieht, Señor, finden Sie nicht? Mit seinen eindrucksvollen Wipfeln, mit seinen Farben am Spätnachmittag, mit seinen gewaltigen Bäumen. Wie schön ist der Tod, der aussieht wie ein Feld voller Blumen.

Ist es Ihnen schon mal passiert, dass in Ihrem Leben alles durcheinander geraten ist? Also, in meinem Leben ist alles durcheinander geraten, es ist ein einziger großer Knoten, und ich weiß nicht, wie ich diesen Knoten aufbekommen soll. Und deshalb käue ich meine Gedanken wieder, Señor, ich denke nach, was ich morgen machen werde. In diesem Dorf wird mir das Leben zu lang, und wenn der Bauch sich beschwert, muss man eine Entscheidung treffen. Und heute Morgen habe ich sie getroffen, Señor, und wie Estebitan, *der Mann, der nichts fürchtete als den Tod*, bin ich auf die erste Baumreihe zugegangen, mit meiner ganzen Angst, Señor, weil ich mich, als ich meiner

Schwester beim Sterben half, der Angst gestellt habe, die ich schon seit Kindertagen mit mir herumschleppe, der größten Angst des Dorfes. Und ich habe gesehen, dass der Wald tötet, Señor, ich habe gesehen, dass er dich vertrocknen lässt, er höhlt dich aus, saugt dich ein, frisst dich auf, denn der Wald macht, dass man immer schwächer wird, bis man stirbt, er macht, dass man immer schwächer wird, bis man nicht mehr daran glaubt, dass das Leben einem den Weg zeigt.

Mit meiner Schwester, die die Augen offen hatte, weit weit offen, aber in ihren Pappkarton eingesperrt war und litt, habe ich die erste Baumreihe durchquert, nur die erste, und habe Noras Rollstuhl einen kräftigen Stoß versetzt, dass er in den Wald hinein rollte. Dabei habe ich ihr die Zöpfe hübsch ordentlich über die Schulter gelegt, damit sie wunderschön ist, wenn das Ende der Welt sie ereilt. Und ich wollte ihr sagen »Norita, du gehst ganz allein«, aber heraus kam ein geflüstertes »Norita, wenn du spielen gelernt hast, komme ich dich holen.«

Dann habe ich mich umgedreht, und ich habe das Rascheln gehört, mit dem Noras Rollstuhl den Abhang hinunter und in den Wald hinein rollte, das leise Geräusch der Räder, die von selbst weiterfuhren, ganz gemächlich, als ob irgendetwas, die Bäume oder ein unbekanntes Tier, jetzt den Rollstuhl schieben würde. Ich weiß nichts davon, Señor, aber ich hörte das Rollen ihrer Räder, sehr langsam, und meine Schritte gingen in die Gegenrichtung, sehr schnell, nach draußen, hin zu dem Leben, das meine Schwester mir geschenkt hat, hin zu den Jahren, die mein Vater mir versprochen hatte zu schenken, sollte er zu früh sterben. Und dann bin ich hierher gekommen und habe mich in den Schatten gesetzt, Señor, ohne zu wissen, ob ich lebe oder tot bin. Die Welt ist gestern gestorben, und mich wird von heute an niemand mehr lieben.

Danach bleibt das Leben, Señor, nach dem Ende der Welt bleibt das Leben. Und ich will weit weg gehen und schön sein, weil ich etwas gesehen habe, ich will lernen, dass man mich liebt, will mich lieben lassen, geliebt sein, lieben. Wie Catalina, die in ihrem Lied gesungen hat, ich komme vom Stall, weil ich Liebe will, weil ich lieben will, genau so, Señor. Und den Kummer lade ich mir auf den Rücken, wie ich mir Nora auf den Rücken lade, um sie die Treppe runterzutragen.

Meine Schwester ist nicht Vergangenheit, Señor, meine Schwester wird nie Vergangenheit sein. Aber ich glaube, das ist mir egal, denn mein Kopf ist frei, und wenn ich erst eine Frau von anderswo bin, werde ich eine Tochter haben, und ich werde ihr Blumen vor die Tür stellen und sagen, die wären von ihrer Großmutter und dass ich mit ihrer Großmutter nicht rede, weil auf dem Land der Groll erblich ist, aber davon wird sie nichts verstehen, und sie wird denken, dass ihre Großmutter die Kleine Lea nicht liebt, aber sie schon, sie schon.

Was ich so mache, wenn ich hier still im Schatten sitze? Ich warte mit Ihnen auf Ihren Hund, und ich warte auf das laute Flattern der Tauben, wenn meine Mutter schreit, weil sie uns zu Hause nicht findet und denkt, dass die Welt uns getötet hat, uns von ihr weggerissen hat. Sehen Sie, Señor, ich warte hier mit Ihnen auf Ihren Hund, und Sie leisten mir an diesem merkwürdigen Nachmittag Gesellschaft.

Gestern Abend hat mir Marco Gras vor die Tür gelegt, weil es besser ist, das Ende der Welt nicht zu sehen, besser, man sieht was anderes, und ich bin hierher gekommen, um zu rauchen, damit ich den Wald nicht mehr sehe, sondern nur noch Nora. Aber ich sehe sie nicht, Señor, das Leben ist grausam, und der Tod ist der Tod, und die Wirklichkeit ist der Kummer, den wir nicht beweinen, weil wir nicht zu dem Teil der Welt gehören, der weinen muss, wie mein Vater sagte. Man soll die Dinge beim Namen nennen, und ich habe meine Schwester getötet, weil sie es allein nicht konnte, und ich wäre ein missratenes Balg gewesen, wenn ich es nicht getan hätte, es wäre ein Mangel an Respekt und Liebe gewesen, wenn ich nichts getan hätte, sollen sie ruhig mit dem Finger auf mich zeigen und mich ansehen und mich nicht mehr lieben, das ist mir egal, denn anderes kenne ich nicht als mich zu kümmern und zu lieben. Und morgen kommt das Leben, Señor, das Leben, möchte ich ihm sagen, und ich halte seinem Blick stand, aber ich sage es nicht. Und dann blicke ich zum Himmel auf, sehe, wie leuchtend, leuchtend, leuchtend blau er ist, und stehe auf, um zu gehen.

Ich werfe den Joint auf den Boden. Der Herr, der mich nicht aus den Augen gelassen hat, seufzt, aber ich glaube, er seufzt, weil er sich vorgestellt hat, wie er auf der Suche nach seinem Hund selbst in den Wald geht und stirbt. Ich glaube, dass der Herr mir etwas sagen will, ich fühle es. »Die, die gehen, bleiben, Lea.« Und ich bekomme eine Gänsehaut, weil ich weiß, dass er mich belügt, ohne dass ich ihn darum gebeten hätte, zum Trost, aus Freundlichkeit, weil ich gehen werde. Ein großer Hund läuft auf uns zu, mit hängender Zunge und vollgefressenem Bauch, die Nase am Boden. Sehen Sie nur, Señor, da ist Ihr Hund. Ich sagte Ihnen ja schon, die Hunde sind nicht wie ich, die Hunde bleiben.

INHALT

Nachdenken 9
Ich ging den Steinpfad hinunter 23
Bell, wenn du was riechst 43
Weil ich mich verlaufen hatte, sind wir uns begegnet 55
Schafe 72
Wenn ich dich betrachte, sehe ich 80
Missraten 93
Soldat in einem Krieg 106
Der furchtsamste Mann der Welt 130
Das größte Schwein 141
Du bist ein Unglück 154
Ich hatte mal einen gelähmten Hund 166
Das Ende der Welt 186
Anderes kenne ich nicht 193